भारत, भारतीय संस्कृति और उसकी अनमोल धरोहर

(हिंदी निबंध-संग्रह)

त्रिवेणी प्रसाद दूबे 'मनीष'

Ukiyoto Publishing

All global publishing rights are held by

Ukiyoto Publishing

Published in 2022

प्रकाशन प्रथम संस्करण: वर्ष:२०२२

ISBN 9789356975637

समर्पण एवं आभार

....

मैं अंतर्मन से आभारी हूँ उन सभी विशिष्ट लौकिक अनुभवों का जिन्होंने मुझे इस संग्रह के निबंधों के लेखन हेतु किसी न किसी प्रकार से प्रेरित किया है| मैं मन से आभारी हूँ लखनऊ विश्वविद्यालय के विधि संकाय के पूर्व विभागाध्यक्ष डॉ.विष्णु गिरि गोस्वामी जी का इस संग्रह को अपनी प्रस्तावना का प्रसाद प्रदान करने के लिए तथा साहित्यिक त्रैमासिक पत्रिका चेतना 'स्रोत' के संपादक डॉ.गोपाल कृष्ण शर्मा 'मृदुल' जी का इसको अपना अभिमत प्रदान करने के लिए।

मैं आभारी हूँ अपने विद्वान चाचा और मध्य प्रदेश के पूर्व डी.जी.पी. श्री गणेश प्रसाद दूबे जी का मुझे सदा नवीन सृजन हेतु प्रेरित करने के लिए। अंत में मैं अपना विशेष आभार अर्पित करता हूँ अपनी पत्नी रमा के प्रति जिनके सहयोग के बिना इस संग्रह का अंतिम स्वरूप कदापि संभव नहीं होता।

त्रिवेणी प्रसाद दूबे 'मनीष'

सेवानिवृत्त वन संरक्षक(भारतीय वन सेवा)

प्रस्तावना:'भारत, भारतीय संस्कृति और उसकी अनमोल धरोहर' कालजयी भारतीय प्रतिमान

भारत एवं भारतीय संस्कृति की अनमोल धरोहरों को समर्पित इस निबंध संग्रह का पठन एक सुखद अनुभूति है। यह संग्रह सहज शैली में भारत एवं भारतीय संस्कृति के वैश्विक महत्व से अवगत कराता है।

'भारत की संस्कृति' से प्रारंभ होता हुआ यह भारतीय संस्कृति के मौलिक आधार को रेखांकित करता है और पाठक को उसके आवश्यक तत्त्वों से अवगत कराता है। इस लेख का सारांश यह है कि 'वैदिक मंत्रों की शक्ति से सुसज्जित, उपनिषदों के गहन दर्शन से परिष्कृत, भगवान श्री राम के मर्यादित स्वरूप से समाहित, गीता के उपदेशों से अलंकृत, भगवान गौतम बुद्ध के संदेशों से उन्नत तथा सत्याग्रह एवं अहिंसा से सुशोभित भारतीय संस्कृति, सतत अध्ययन और शोध की आकांक्षी है।' भारतवासियों को इसके संरक्षण के प्रति सदैव सजग रहना चाहिए। **'भारत के उत्थान में देश की बेटियों का योगदान'** का सजीव वर्णन करते हुए लेखक भारत की बेटियों के अनूठे चरित्र को प्रस्तुत करता है। संग्रह का तृतीय लेख भारत के राष्ट्रीय जैविक प्रतीकों से भिज्ञ बनाता है। पर्यावरण की सुरक्षा एवं जैविक विविधता संरक्षण के दृष्टिकोण से राष्ट्रीय जैविक प्रतीकों से सम्बन्धित

मौलिक जानकारी उपयोगी ही नहीं अपितु आवश्यक भी है | '**बरगद**' की शाखाओं, **मोर** के नृत्य तथा पंखों, **बाघ** की दहाड़ो, **कमल** के अनुपम सौन्दर्य तथा **डॉल्फिन** की मनोरम उछालों के अद्भुत मिश्रण में इस सभी राष्ट्रीय जैविक प्रतीकों का सरस बोध संचित तथा संरक्षित है | भारतीय लोकतंत्र के उद्देश्य एवं उपलब्धियाँ की व्याख्या करता चतुर्थ लेख यह बताता है कि भूमंडल सम्मेलनों में, भारत की लोकतांत्रिक व्यवस्था, विशेष विश्लेषण के विषय के रूप में चर्चित रहती है | भारतीय लोकतंत्र के उद्देश्यों एवं उपलब्धियों का सम्मिलित सार यह घोषित करता है कि उद्देश्यों के अधिकांश भाग की एक सीमा तक प्राप्ति हुई है | शेष की प्राप्ति एवं समस्त के नियोजित संपोषण हेतु शिक्षा में साम्य के समावेश और देश में व्याप्त भ्रष्टाचार के उन्मूलन और वैश्विक आतंकवाद के प्रभावशाली उपचार की आवश्यकता है| भारतीय पारिवारिक संरचना का यथार्थ गहन चिंतन और विस्तृत विश्लेषण का विषय है | उसके मानक एवं प्रतिमान, वैदिक स्वच्छता की सुधा, सिंधु घाटी सभ्यता के सार-तत्त्व, उपनिषदों के गहन दर्शन, गीता के सन्देश, रामायण के आदर्शवादी यथार्थ, विशिष्ट शिलालेखों के आलेखों और कतिपय कालजयी साहित्य सर्जन के स्वरूप में समाविष्ट हैं | भारत से संबंधित अद्यतन प्रकाशनों और प्रसारणों से ऐसा आभास होता है कि गत चार-पाँच दशकों में भारत में विभिन्न क्षेत्रों में नकारात्मक प्रवृत्ति व्याप्त हो चुकी है| यह नकारात्मक प्रवृत्ति , भारत के समर्थकों और

संरक्षकों के लिए भीषण चिंता का विषय है | ऐसे अवांछित सामाजिक प्रभाव का मानसिक मंथन, उसके कारणों का विश्लेषण एवं उसके उचित उपचार का नियोजन, आज भारतवर्ष के लिए एक बहुत बड़ी समस्या बन चुका है| संग्रह का छठवाँ लेख इन सब बिंदुओं के भावों को उभारता है | भारत-माँ समग्र भारतवर्ष के ममतामयी परिवेश का अनन्य अवदान है | कश्मीर से कन्याकुमारी तक आच्छादित और अंडमान निकोबार तथा लक्षद्वीप के अनुपम द्वीपों तक विस्तारित उसका विशाल अंक सभी पर्यटकों को सदैव विस्मित एवं सम्मोहित करता है | भारतवासियों के मानस से इस जननी का अविच्छिन्न जुड़ाव एवं लगाव है जिसके कारण हिंद के देशवासी गहन गर्व तथा समर्पित कर्तव्य बोध का आभास करते हैं | 'भारत के उत्थान में हमारा योगदान क्या और कैसे होना चाहिए' लेख यह बताता है कि किसी भी देश अथवा राष्ट्र का उत्थान उसमें सुवासित नागरिकों और ग्रामीणों की मौलिक प्रतिभाओं,उनके सृजनात्मक रुझानों और उनके नियोजित योगदानों पर निर्भर होता है | यह मानव प्रेक्षा सदैव प्रासंगिक रहेगी कि भारत के उत्थान में भारतवासियों का योगदान क्या और कैसे होना चाहिए | इस सम्बन्ध में सभी संभावित योदगान सामाजिक, सांस्कृतिक, नैतिक, शैक्षणिक और वैज्ञानिक तत्वों के सजीव मिश्रण के संकेतक हैं |

कश्मीर समग्र भारतीय परिवेश एवं उसमें संचित सभी जैविक स्वरूपों का अनन्य गौरव है। अनेक सुधी भारतीय नागरिक यह सोचते और कहते कभी थकते

ही नहीं हैं कि कश्मीर उनका है और उनके जीवन की अनमोल धरोहर है। प्रत्येक भारतवासी के लिये वह **'जन्नत का नजारा'** और **'अनुपम झील'** में डोलता **'दिव्य शिकारा'** है। वैसे विद्वानों और पर्यटकों का यह अभिमत है कि कश्मीर का प्रथम अवलोकन ही, मानव को मोहित ही नहीं अपितु सम्मोहित भी कर देता है। इसमें रहने वाले और घूमने वाले लोग, इसकी सभी प्राकृतिक संपदाओं की अनन्य सुषमा में रमकर, अलौकिक आनन्द का आभास करते हैं।

पौराणिक कथाएँ और पौराणिक साहित्य का मानव जीवन पर प्रभाव एवं महत्व अत्यंत व्यापक है |समाज एवं साहित्य के अधिकांश स्वरूपों में, उनका सदा विशेष योगदान होता है| सरल एवं सहज रूप में नैतिकता,मानवता और आदर्शों की मनोरंजक प्रस्तुति, उन्हें कालजयी एवं अनमोल बनाती है| आम भाषा शैली में उन्हें 'मिथक' अथवा 'फेबिल्स' के संबोधन से भी पुकारा जाता है| अश्वत्थामा ! महाभारत महाकाव्य का एक ऐसा विस्मयकारी पात्र, जिसका पारंपरिक अस्तित्व 'अश्वत्थामा मारा गया' की शब्दावली से उत्पन्न भ्रम में निहित है | अधिकांश धार्मिक बुद्धिजीवियों का यह मत है कि वह अनुमान पूर्णया मिथ्या है क्योंकि अश्वत्थामा तो अमर है और श्रीहीन रूप में आज भी गुप्त रूप से साँस ले रहा है | कुछ का तो यह अनुमान है कि उसे जीवित रहते हुए भी जीवन का तनिक भी आभास नहीं है| महायुद्ध के ऐसे विस्मयकारी पात्र के सम्बन्ध में ज्ञान, पाठकों और श्रोताओं के हृदयों को उत्साहित करता है| संग्रह का

अंतिम लेख 'श्री कृष्ण की बातों का हमारे जीवन में महत्व', यह समझाता है कि 'योगेश्वर श्रीकृष्ण के सत्कर्मों और दिव्य लौकिक संदेशों का सांसारिक महत्व कालजयी है |' उनकी सोलह कलाएँ, पावन गीता के उपदेश, सामाजिक सुधार के अभियान, उनका दार्शनिक रास, राजनीतिक प्रयास और अति विशिष्ट परिस्थिति में प्रयुक्त लौकिक कौशल, हमेशा सभी लोगों और संस्थाओं का उचित मार्गदर्शन करते हैं| यह महत्व और प्रभाव निरंतर वृद्ध होता जा रहा है |

इन्हीं सब तथ्यों एवं भावों पर आधारित निबंध-लेखों का यह संग्रह **'भारत, भारतीय संस्कृति और उसकी अनमोल धरोहर'** एक अनूठी गद्य-संपदा है | हिंदी के वरिष्ठ साहित्यकार श्री त्रिवेणी प्रसाद दूबे 'मनीष' की प्रांजल भाषा और प्रभावशाली शैली के उन्नत समन्वय ने इसे ऐसा उन्नत ज्ञानवर्द्धक स्वरूप प्रदान किया है जो आम हिंदी पाठकों के अतिरिक्त विद्यार्थियों और शोधार्थियों के लिए भी उपयोगी सिद्ध होगा| मैं इस कृति के सृजन हेतु मनीष जी को बधाई देना हूँ और यह कामना करता हूं कि उनकी लेखनी इसी प्रकार चलती रहे और हिंदी साहित्य के भंडार को भरती रहे।

प्रो. (डा.) विष्णु गिरि गोस्वामी

पूर्व विभागाध्यक्ष विधि संकाय,लखनऊ विश्वविद्यालय

क्राउन गेट, जगत नरायण रोड, लखनऊ-२२६००३

मो:९१४०९०४००९; ९४५००७००००

अभिमत

वरिष्ठ साहित्यकार श्री त्रिवेणी प्रसाद दूबे 'मनीष' जी साहित्य की विभिन्न विधाओं में सृजनरत हैं। उनकी अब तक कविता, कहानी, उपन्यास आदि विधाओं में कृतियाँ प्रकाशित हो चुकी हैं। उनके शीघ्र प्रकाश्य निबंध संग्रह "भारत, भारतीय संस्कृति और उसकी अनमोल धरोहर" की पाण्डुलिपि के अवगाहन का सुयोग मुझे प्राप्त हुआ है।

इस निबंध संग्रह में भारत राष्ट्र, भारतीय संस्कृति और भारतीय साहित्य से संबंधित बारह निबंध संग्रहीत हैं। इन निबंधों में संबंधित विषयों पर विद्वान और अनुभव-संपन्न लेखक द्वारा विस्तार से विचार और तार्किक विश्लेषण किया गया है।

'भारत की संस्कृति' निबन्ध में मनीष जी ने संस्कृति को व्याख्यापित करते हुए भारतीय संस्कृति की विशेषताओं का विस्तार से उल्लेख किया है। 'भारत के राष्ट्रीय जैविक प्रतीक' निबन्ध में हमारे राष्ट्रीय वृक्ष- बरगद, राष्ट्रीय

पशु-बाघ, राष्ट्रीय जल पशु-डाल्फिन, राष्ट्रीय पक्षी-मोर, राष्ट्रीय पुष्प-कमल का विस्तार से वर्णन करते हुए उनके विषय में विशेष ज्ञानवर्धक जानकारी प्रस्तुत की है।

'भारत में लोकतंत्र और उपलब्धियाँ' निबन्ध में लोकतंत्र की व्याख्या करते हुए भारतीय लोकतंत्र के उद्‌देश्यों, उपलब्धियों और व्यवस्था में व्याप्त विसंगतियों का विद्‌वतापूर्ण आकलन हुआ है। 'भारतीय पारिवारिक संरचना का महत्व' निबंध में परिवार को परिभाषित करते हुए भारतीय समाज में पाये जाने वाले विभिन्न संरचना के परिवारों का विस्तार से वर्णन हुआ है। भारत विभिन्न धर्मों, संस्कृतियों और सामाजिक व्यवस्थाओं का देश है। यहाँ किसी समाज में पितृसत्तात्मक परिवार व्यवस्था है तो कहीं मातृसत्तात्मक परिवार व्यवस्था है, कहीं एक-विवाह प्रथा है तो कहीं बहु विवाह प्रथा है, कहीं बहु-पत्नी प्रथा है तो कहीं-कहीं बहु-पति प्रथा भी है। कहीं विधवा-विवाह को स्वीकृति प्रदान की गई है, तो कहीं उसका तीव्र निषेध भी है। मनीष जी ने बहुत विस्तार से भारत में पाये

जाने वाले सभी प्रकार की पारिवारिक-संरचनाओं की जानकारी इस निबंध में प्रस्तुत की है।

'भारत माँ और हम देशवासी' निबंध में भारत देश की भौगोलिक, प्राकृतिक और सांस्कृतिक विशिष्टताओं का उल्लेख करते हुए मनीष जी ने अपने देश के प्रति हम भारतीयों के दायित्व की ओर ध्यानाकृष्ट किया है जिससे यह सुंदर देश अपनी सुंदरता को अक्षुण्ण रखते हुए विकास के पथ पर तीव्र गति से बढ़ते हुए अपना प्राचीन गौरव पुन: प्राप्त कर विश्व में प्रतिष्ठा अर्जित कर सके।

'भारत में विभिन्न क्षेत्रों में व्याप्त नकारात्मक प्रवृत्ति' में आम तौर पर देशवासियों में जो नकारात्मक सोच व्याप्त है, उसे लक्ष्य कर नकारात्मक सोच के घातक परिणामों के प्रति सचेत किया गया है। साथ ही अपने सोच को सकारात्मक बनाने, जीवन शैली को सहज, आडंबरहीन और सरल रखने, प्राकृतिक संपदाओं को संरक्षित करने, राजनीतिक शुद्धिकरण, शिक्षा व्यवस्था में आवश्यक सुधार, सत्साहित्य का सृजन और भ्रष्टाचार पर अंकुश लगाने पर बल दिया गया है।

'भारत के उत्थान में बेटियों का योगदान' निबंध में देश की अनेक प्रतिभासंपन्न बेटियों द्वारा अर्जित की गई महत्वपूर्ण उपलब्धियों का विस्तार से वर्णन करते हुए देश के सर्वांगीण विकास में उनके बहुमूल्य योगदान की भूरि-भूरि प्रशंसा की गई है। साथ ही, उन्हें विकास हेतु समान अवसर प्रदान किए जाने की आवश्यकता को भी रेखांकित किया गया है।

'भारत के उत्थान में हमारा योगदान क्या और कैसे होना चाहिए' भी एक महत्वपूर्ण निबंध है जिसमें जीवनानुभवों के धनी लेखक द्वारा राष्ट्र के उत्थान हेतु किये जाने वाले जरूरी उपायों की ओर ध्यानाकृष्ट किया गया है तथा पर्यावरण, जैविक संपदाओं और मृदा आदि के संरक्षण-संवर्धन पर जोर दिया गया है तथा श्रमिकों, कृषकों, आदि के उत्थान, स्वच्छ राजनीति, भ्रष्टाचार उन्मूलन जैसे जरूरी मुद्दों की ओर ध्यानाकृष्ट किया गया है।

'कश्मीर हमारा है' निबन्ध में निबन्धकार ने कश्मीर के प्राकृतिक सौन्दर्य और उसके गौरवशाली अतीत का विस्तार से चर्चा करते हुए वहाँ के पूर्वजों द्वारा विभिन्न क्षेत्रों में किये गये

उल्लेखनीय योगदान का स्मरण किया गया है, उस क्षेत्र के प्रति भारतवासियों के ममत्व की चर्चा की गयी है और संविधान की धारा ३७० हटा कर वहाँ के नागरिकों को राष्ट्र की मुख्यधारा में शामिल किये जाने के प्रयासों की चर्चा की गई है।

'मानव जीवन में पौराणिक कथाओं/साहित्य का महत्व' निबंध में मिथकों को व्याख्यापित करते हुए पौराणिक कथाओं के महत्व पर विस्तार से विचार किया गया है। वास्तव में, पौराणिक कथाएँ नैतिक मूल्यों और सफल जीवन में उपयोगी शिक्षाओं की वाहक होती हैं। पौराणिक पात्र और उनसे जुड़ी कथाएँ हमारी संस्कृति की संवाहक भी हैं, अत: उनका महत्व और उपयोगिता निर्विवाद है।

'अभिशप्त अमरत्व का विस्मयकारी प्रतीक- अश्वत्थामा' तथा 'श्रीकृष्ण और उनकी बातों का हमारे जीवन में महत्व' शीर्षक निबन्धों में आचार्य द्रोण के पुत्र अश्वत्थामा और भगवान जी की जीवन-गाथा के कुछ प्रसंगों को लेकर उनसे प्राप्त होने वाली शिक्षा पर प्रकाश डाला गया है।

वास्तव में, आज इस प्रकार के राष्ट्रीयता परक और हमारे सांस्कृतिक गौरव का वर्णन करने वाले लेखों की बहुत आवश्यकता है। वर्तमान के बाजारवादी युग में जहाँ निजी स्वार्थ राष्ट्रीय हितों तक पर हावी हो रहा है, दीर्घकाल तक गुलामी की जंजीरों में जकड़े रहने के कारण देशवासियों के हृदय में हीनता-बोध का भाव स्थिर हो गया है तथा भौतिक चकाचौंध के कारण हमारे युवाओं में पाश्चात्य संस्कृति के प्रति आकर्षण बढ़ रहा है। हम 'सादा जीवन उच्च विचार' के अपने मूल सांस्कृतिक-सूत्र की अनदेखी कर रहे हैं, ऐसे पतनोन्मुखी वातावरण में राष्ट्र-प्रेम से परिपूर्ण और सांस्कृतिक गौरव से परिचित कराने वाले लेखों की आवश्यकता और उपयोगिता निर्विवाद है

मैं इन जरूरी निबंधों के सृजन हेतु वरिष्ठ साहित्यकार श्री त्रिवेणी प्रसाद दूबे 'मनीष' जी को हृदय से बधाई और साधुवाद देता हूँ तथा आशा करता हूँ कि इस निबंध-संग्रह को हिंदी जगत में यथोचित स्वागत-सम्मान प्राप्त होगा।

१०-०१-२०२२

डॉ.गोपाल कृष्ण शर्मा 'मृदुल
संपादक 'चेतना स्रोत' त्रैमासिक पत्रिका
५६८क/१०८/२, स्नेह नगर, आलमबाग,
लखनऊ-२२६००५
मो.न.:९९५६८४६१९७

प्राक्कथन

वैदिक मंत्रों की शक्ति से सुसज्जित, उपनिषदों के गहन दर्शन से परिष्कृत, भगवान राम के मर्यादित स्वरूप से समाहित, गीता के उपदेशों से अलंकृत, भगवान बुद्ध के संदेशों से समाविष्ट तथा सत्याग्रह एवं अहिंसा से शोधित भारतीय संस्कृति, सतत अध्ययन और शोध की आकांक्षी है। प्रत्येक भारतीय नागरिक को उसके संरक्षण और सुरक्षा के प्रति सदा सजग रहना चाहिए।

भारत के राष्ट्रीय ध्वज, राष्ट्रीय प्रतीक, राष्ट्र गान तथा राष्ट्र गीत से सभी भारतीय परिचित हैं | पर भारत के जैविक प्रतीकों के बारे में पर्याप्त जानकारी प्रसारित नहीं है | पर्यावरण की सुरक्षा एवं जैविक विविधता संरक्षण के दृष्टिकोण से राष्ट्रीय जैविक प्रतीकों से सम्बन्धित मौलिक जानकारी उपयोगी ही नहीं अपितु आवश्यक है | **'बरगद'** की शाखाओं, **मोर** के नृत्य तथा पंखों , **बाघ** की दहाड़ो , **कमल** के अनुपम सौन्दर्य तथा **डॉल्फिन** की मनोरम उछालों के अद्‌भुत मिश्रण में इन सभी राष्ट्रीय जैविक प्रतीकों का सरस बोध संचित तथा संरक्षित है| इन पाँच राष्ट्रीय जैविक प्रतीकों की विशेषताओं का बोध स्मरणीय तथा वंदनीय है|

आधुनिक युग में भारत, विश्व के सबसे अधिक जनसंख्या वाले लोकतंत्र के रूप में विख्यात और

स्थापित है|भूमंडल सम्मेलनों में, भारत की लोकतांत्रिक व्यवस्था, विशेष विश्लेषण के विषय के रूप में चर्चित रहती है| इस मुखर यथार्थ से, कुछ विशिष्ट उद्देश्य और कुछ विशेष उपलब्धियाँ संबद्ध हैं| भारतवर्ष में वर्तमान में लोकतंत्र के स्थापित स्वरूप को 'प्रतिनिधिक संसदीय गणतंत्र' का संबोधन देना उचित है | भारतीय लोकतंत्र के उद्देश्यों एवं उपलब्धियों का सार यह घोषित करता है कि उद्देश्यों के अधिकांश भाग की एक सीमा तक प्राप्ति हुई है| शेष की प्राप्ति एवं समस्त के नियोजित संपोषण हेतु शिक्षा में साम्य के समावेश, देश में व्याप्त भ्रष्टाचार के उन्मूलन और वैश्विक आतंकवाद के प्रभावशाली उपचार की आवश्यकता है |

भारतीय पारिवारिक संरचना का यथार्थ गहन चिंतन और विस्तृत विश्लेषण का विषय है| उसका लौकिक आधार भारत की सांस्कृतिक मृदा और हिंद की पौराणिक सभ्यता में निहित है | उसके मानक एवं प्रतिमान, वैदिक स्वच्छता की सुधा, सिंधु घाटी सभ्यता के सार-तत्त्व, उपनिषदों के गहन दर्शन, गीता के सन्देश, रामायण के आदर्शवादी यथार्थ, विशिष्ट शिलालेखों के आलेखों और कतिपय कालजयी साहित्य सर्जन के स्वरूप में समाविष्ट हैं | मानवता का सतत आदर-सम्मान, तृष्णा का त्याग, जीव-जीव से प्रेम एवं लगाव, लोक मंगल हेतु निरंतर बलिदान तथा समर्पण, संयमित चिंतन एवं संकल्पित आचार और आध्यात्मिक बोध सदैव उसके आवश्यक तत्त्व रहे हैं |

भारत माँ ! समग्र भारतवर्ष के ममतामय परिवेश का अनन्य वरदान है| कश्मीर से कन्याकुमारी तक आच्छादित और अंडमन निकोबार तथा लक्षद्वीप के अनुपम द्वीपों तक विस्तारित उसका विशाल अंक सभी पर्यटकों को सदैव विस्मित एवं सम्मोहित करता है| विभिन्न संस्कृतियों एवं भिन्न सभ्यताओं से सुशोभित एवं सम्मानित यह परिवेश, अपने सुधी वासियों के लिए सदैव वंदन एवं अभिनंदन का पुनीत प्रतीक रहा है| भारतवासियों के मानस से इस जननी का अविच्छिन्न जुड़ाव एवं लगाव है जिससे हिंद के देशवासी गहन गर्व तथा समर्पित कर्तव्य-बोध का आभास करते हैं | इस अनूठे सम्बन्ध में सामाजिक, सांस्कृतिक, आध्यात्मिक, नैतिक, भौतिक, भौगोलिक, साहित्यिक एवं ऐतिहासिक तत्त्वों का संपोषित समावेश है |

आधुनिक युग में सामाजिक एवं सांस्कृतिक परिवर्तनों के सुधी संकेत, प्रकाशित एवं प्रसारित समाचारों, विभिन्न पत्र-पत्रिकाओं के लेखों, इंटरनेट प्रसारणों और कतिपय दूरदर्शन धारावाहिकों के माध्यम से सूचित होते रहते हैं | भारत से संबंधित अद्यतन प्रकाशनों और प्रसारणों से ऐसा आभास होता है कि गत चार-पाँच दशकों में भारत में विभिन्न क्षेत्रों में नकारात्मक प्रवृत्ति व्याप्त हो चुकी है| यह नकारात्मक प्रवृत्ति , भारत के समर्थकों और संरक्षकों के लिए भीषण चिन्ता का विषय है| ऐसे अवांछित सामाजिक प्रभाव का आकलन, उसके कारणों का विश्लेषण एवं उसके उचित उपचार का नियोजन एवं संपादन, आज भारतवर्ष के लिए एक बहुत बड़ी समस्या बन चुका है|

भारतीय संस्कृति की मान्यताओं के अनुरूप, बेटियों अनन्य शक्ति का अवतार और अनुपम ऊर्जा की प्रतीक हैं | वह शक्ति और ऊर्जा, विभिन्न लौकिक रूपों में विकसित होकर, भारत के उत्थान में, महत्वपूर्ण भूमिका निभाती आयी है और सदा निभाती रहेगी | भारत में कन्या देवी-स्वरूप पूज्य है |भारत की बेटियाँ, वैदिक युग से आधुनिक काल तक बुद्धि,विद्या और विवेक में अग्रणी भूमिका निभाती रही हैं| वैदिक युग की ऋषि-कन्याएँ उन्नत विदुषी के रूप में उल्लिखित हैं| वेदों में सहज रूप से अनेक ऋषियों के साथ ऋषि-कन्याओं और देवियों की चर्चा है| इनमें उषा-चाँद का बार-बार स्मरण किया गया है|वे ऊर्जावान तथा सन्मार्ग दर्शक के रूप में स्वीकृत हैं| श्री दुर्गा ने राक्षसों का वध करके सुख,शांतिपूर्ण साम्राज्य की स्थापना की थी | गत पाँच दशकों में तो भारतीय बेटियों ने जीवन के प्रत्येक क्षेत्र में अभूतपूर्व उपलब्धियाँ प्राप्त करते हुए , भारत के उत्थान में विशेष योगदान दिया है | किसी भी देश अथवा राष्ट्र का उत्थान उसके नागरिकों और ग्रामीणों की मौलिक प्रतिभाओं,सृजनात्मक रुझानों और नियोजित योगदानों पर निर्भर होता है| देश में स्थानीय, प्रांतीय एवं केंद्रीय स्तर पर, देश के उत्थान में उसके निवासियों के संभावित योगदानों और उनके संपादन की विधियों पर वैचारिक विश्लेषण और मानसिक मंथन होता रहता है | भारत ऐसे सनातनी मान्यताओं, पौराणिक परंपराओं और अनन्य विद्वानों वाले देश में ऐसे वाद-संवाद और प्रतिवाद अधिक तीव्रता और

गहनता से होते हैं| यह मानव प्रेक्षा सदैव प्रासंगिक रहेगी कि भारत के उत्थान में भारतवासियों का योगदान क्या और कैसे होना चाहिए | इस सम्बन्ध में सभी संभावित योगदान सामाजिक, सांस्कृतिक, नैतिक, शैक्षणिक और वैज्ञानिक तत्त्वों के सजीव मिश्रण के संकेतक हैं | यह एक ऐसा अनन्य मिश्रण है जिसके मौलिक सार पर निरंतर चिंतन होता रहना चाहिए |

कश्मीर समग्र भारतीय परिवेश एवं उसमें संचित सभी जैविक स्वरूपों का अनन्य गौरव है। सभी भारतीय यह सोचते और कहते कभी थकते ही नहीं हैं कि कश्मीर उनका है और उनके जीवन की अनमोल धरोहर है। प्रत्येक भारतवासी के लिये वह **'जन्नत का नजारा'** और **'अनुपम झील'** में डोलता **'दिव्य शिकारा'** है। वैसे विद्वानों और पर्यटकों का यह मत है कि कश्मीर का प्रथम अवलोकन ही, मानव को मोहित ही नहीं अपितु सम्मोहित भी कर देता है। इसमें रहने वाले और घूमने वाले लोग, इसकी सभी प्राकृतिक संपदाओं की सुषमा में रमकर, अलौकिक आनन्द का आभास करते हैं।

पौराणिक कथाएँ, पौराणिक साहित्य और मिथकों का मानव जीवन पर प्रभाव एवं महत्व अत्यंत व्यापक है| समाज एवं साहित्य के अधिकांश स्वरूपों में, उनका सदा विशेष योगदान होता है | सरल एवं सहज रूप में नैतिकता,मानवता और आदर्शों की मनोरंजक प्रस्तुति, उन्हें कालजयी एवं अनमोल बनाती है | 'मिथक' शब्द को सरल स्वरूप में , अंग्रेजी शब्द

'मिथ' के हिन्दी रूपांतरण के रूप में, समझा जा सकता है| अंग्रेजी शब्द 'मिथ',यूनानी भाषा के मौलिक शब्द 'म्यूथोस' से बना है | सभी मानक शब्दकोशों में 'मिथ' को तीन भिन्न मौलिक भावों के रूप में प्रस्तुत किया गया है | इनमें सबसे अधिक प्रचलित है लोगों के पारंपरिक इतिहास से संबंधित पारंपरिक कथा अथवा किसी नैसर्गिक या सामाजिक सत्य को उजागर करती हुई पारंपरिक कथा | इसके अलावा दो अन्य भावार्थ हैं 'बहु जन द्वारा मान्य किन्तु गलत विश्वास या धारणा' और 'एक काल्पनिक व्यक्ति अथवा वस्तु' |

अश्वत्थामा ! महाभारत महाकाव्य का एक ऐसा विस्मयकारी पात्र, जिसका पारंपरिक अस्तित्व 'अश्वत्थामा मारा गया' की शब्दावली से उत्पन्न भ्रम में निहित है | किन्तु वास्तविकता यह थी कि वह नहीं मरा था अपितु उसके नाम के एक हाथी की मृत्यु हुई थी | उसे तो जन्म से ही अमरत्व का वरदान प्राप्त था| ऐसी मान्यता है कि वह आज भी जीवित है किन्तु वह अज्ञातवास के अंधकार में विलीन है| कुछ वर्ष पूर्व जब भारत के एक भाग में, पुरातत्त्वीय खुदाई के दौरान एक ऐसा कंकाल मिला जिसका आकार आम मानव आकार का लगभग दस गुना था, तब कुछ सांस्कृतिक एवं धार्मिक विशेषज्ञों ने उसे अश्वत्थामा का कंकाल होने का अनुमान लगाना प्रारम्भ कर दिया | किन्तु अधिकांश धार्मिक बुद्धिजीवियों का यह अभिमत था कि वह अनुमान पूर्णतया मिथ्या है क्योंकि अश्वत्थामा तो अमर है और श्रीहीन रूप में आज भी गुप्त रूप से साँस ले रहा है | कुछ का तो यह अनुमान है कि उसे

जीवित रहते हुए भी जीवन का तनिक भी आभास नहीं है| महायुद्ध के ऐसे विस्मयकारी पात्र के सम्बन्ध में ज्ञान, पाठकों और श्रोताओं के हृदयों को उत्साहित करता है |

योगेश्वर श्रीकृष्ण के सत्कर्मों और दिव्य लौकिक संदेशों का सांसारिक महत्व कालजयी है | उनकी सोलह कलाएँ, पावन गीता के उपदेश, सामाजिक सुधार, दार्शनिक रास, राजनीतिक प्रयास और अति विशिष्ट परिस्थितियों में प्रयुक्त लौकिक कूटनीति, प्रायः सभी असंख्य लोगों और अनेक संस्थाओं का उचित मार्गदर्शन करती हैं| यह महत्व और प्रभाव निरंतर उन्नत होता जा रहा है |

इन्हीं सब तथ्यों एवं भावों पर आधारित है मेरा बारह निबंध-लेखों का यह संग्रह **'भारत, भारतीय संस्कृति और उसकी अनमोल धरोहर'** | आशा करता हूँ यह संग्रह हिंदी गद्य के सुधी पाठकों को रुचिकर लगेगा|

त्रिवेणी प्रसाद दूबे 'मनीष'

सेवानिवृत्त वन संरक्षक(भारतीय वन सेवा)

३/९८ विपुल खंड, गोमती नगर, लखनऊ-२२६०१०

मो.न.:९४५२२४२४६९;

ईमेल: **trivenidb@gmail.com**

अनुक्रमाणिका

भारत की संस्कृति

भारत की संस्कृति, एक ऐसा बहुआयामी यथार्थ है, जिसमें अनेक लोक धाराएँ, अनगिनत परम्पराएँ और अनन्य मान्यताएँ संचित हैं। उसमें वैदिक युग के यज्ञों के प्रभाव के साथ, सिंधु घाटी सभ्यता की सर्जनाएँ भी विद्यमान हैं। उसमें भगवान श्री राम के मर्यादित आचारों के साथ योगेश्वर श्रीकृष्ण की अद्‌भुत लोक कल्याणकारी लीलाएँ भी संचारित हैं। उसके मूल में वह निरुपम भारतीय जैविक विविधता है जिसमें शेर, बाघ, हाथी और गैंडा जैसे विशालकाय जीवों के साथ असंख्य सूक्ष्म जीव, सुरक्षित और संपोषित हैं। उसमें भारतीय ऋषि-मुनियों एवं संतों-पीरों का घोर तप भी उतना ही समाहित है जितना गौतम का गृह-त्याग और महात्मा बुद्ध का मध्यम पथ है। बौद्ध धर्म का हिनयान और महायान शाखा और जैन धर्म की दिगंबर और श्वेतांबर शाखा, भक्ति आंदोलन का कबीर-पंथ, सूफी भावना और नानक की गुरु-बानी भी उसके आवश्यक अंग हैं। अनेक वाह्य प्रभावों को संयम से सहती और विदेशी वृत्तियों के सापेक्ष, अपने अस्तित्व को बचाती हुई भारतीय संस्कृति, एक ऐसा अनूठा ऐतिहासिक, धार्मिक, पारंपरिक, बौद्धिक, नैतिक, भौगोलिक और जैविक मिश्रण है, जो अनेक वैश्विक विद्वानों को मोहित और विस्मित करने के साथ, अनेक अवसरों पर सम्मोहित भी करता है।

किसी भी संस्कृति का नाम आता है तो तत्काल कुछ विशिष्ट तत्वों की ओर ध्यान जाता है| सर्वप्रथम तो उसमें समाहित लोक आचरण परंपरा से संबंधित स्वरूप उभरते हैं जिसके उपरान्त उसमें प्रवाहित शुद्धि,सुधार,परिष्कार,पवित्रीकरण,सृजन,पूर्णता,शृंगार और मानव संकल्प के स्तर का बोध होता है| ऑक्सफ़ोर्ड शब्दकोश ने **'संस्कृति'** को **'किसी राष्ट्र ,व्यक्ति या समूह की कला,प्रथाएँ और भाव तथा बोध'** के रूप में परिभाषित किया है| यशस्वी इतिहासकार तोएनबी द्वारा **'संस्कृति'** को **'मानव की बौद्धिक उपलब्धियों की कला एवं अन्य दृष्टान्तों के समग्र स्वरूप तथा उससे संबद्ध समझ और विवेचन'** के रूप में देखा गया है | कैंब्रिज एडवांस्ड लरनर्स शब्दकोश के अनुसार **'संस्कृति लोगों के विशिष्ट समूह की किसी विशेष काल अथवा समय में जीवन शैली, विशेषकर सामान्य प्रथाओं और मान्यताओं का सम्मिलित स्वरूप है |"** इन विशिष्ट पारिभाषिक शब्दों के साहित्यिक प्रकाश में भारतीय संस्कृति की विशेषताओं पर चिंतन प्रारम्भ करते ही उसके पुरातत्व, उसमें निहित उदारता और उसकी भौगोलिक विशालता एवं जैविक विविधता पर ध्यान केंद्रित होने लगता है| वास्तव में भारतीय संस्कृति को अनेक विशेषताओं का अवदान प्राप्त है| उन विशेषताओं का मानवीय विवेचन, एक गहन साहित्यिक,सांस्कृतिक और सामाजिक यज्ञ के समान है |

भारतीय संस्कृति की विशेषताओं का उल्लेख, उसके पुरातत्व से प्रारम्भ करना उचित होगा | इस तथ्य में तनिक भी संदेह नहीं है कि, यह संसार की प्राचीनतम संस्कृतियों में से एक है | मोहनजोदाड़ो और हरप्पा की खुदाई के प्राप्त निष्कर्षों के बाद, भारतीय संस्कृति को मिस्र और मेसोपोटामिया की सबसे पुरानी सभ्यताओं के समकालीन माना और जाना जाने लगा है| इसका यह पुरातत्व इसकी बहुत बड़ी विशेषता है |

दूसरी विशेषता उसके मिश्रित स्वरूप में विद्यमान है| उसका यह रूप-स्वरूप अनेक तत्त्वों और तरंगों से मिलकर सृजित हुआ है जिसमें भारत का लंबा इतिहास, विलक्षण भूगोल, सिंधु घाटी की सभ्यता का अनन्य आधार, वैदिक युग के अभिनव योगदान, बौद्ध धर्म का उद्भव एवं प्रसार, सम्राट अशोक प्रियदर्शी का धम्म और शिलालेख, स्वर्ण युग का स्वर्णिम प्रभाव, आदि-शंकराचार्य का वेदांत, अमीर खुसरो के तरानों, नानक-कबीर का दर्शन, सम्राट अकबर की धर्मनिरपेक्षता, राजा राम मोहन राय के सामाजिक सुधार, स्वामी विवेकानन्द का वैचारिक मंथन तथा महात्मा गाँधी के जीवन-दर्शन और सत्यवादी प्रयोगों का समन्वित मिश्रण है | इतने अधिक तत्त्वों का ऐसा उन्नत, जटिल और निरंतर विकास की और उन्मुख मिश्रण, अन्य किसी संस्कृति में नहीं पाया जाता है | इस विशेष मिश्रण में, भारत के पड़ोसी देशों के प्रचलनों, परम्पराओं और विचारों का प्रभाव भी सम्मिलित है| पिछली पाँच सहस्राब्दी से अधिक समय से, भारत के

रीति-रिवाज, भाषाएँ और परम्पराएँ, इनके एक दूसरे से परस्पर संबंधों में महान विविधताओं का अद्वितीय उदाहरण प्रस्तुत करती हैं | उसके इस अद्भुत मिश्रित स्वरूप में भारत की भौगोलिक विशालता और उसकी अनमोल जैविक विविधता का भी विशेष योगदान है जो उसके विभिन्न वनों, अनगिनत सरिताओं, अनेक शैलों और विभिन्न घाटियों की संरचनाओं और संपदाओं में संरक्षित और संचित है |

प्राचीन मिश्रित स्वरूप के साथ ही निरंतरता,स्थायित्व और अमरत्व भी भारतीय संस्कृति की एक प्रमुख विशेषता है| आज पुरातन काल की अन्य सभी संस्कृतियाँ उदाहरणतः मेसोपोटामिया की सुमेरियन, ऐसीरियन,बेबीलोनियन,मिस्र, ईरान,यूनान और रोम की संस्कृतियाँ काल के गर्भ में समा चुकी हैं | मात्र कुछ ध्वंसावशेष ही उनकी गौरव-गाथा गाने के लिए बचे हैं | उनके विपरीत भारतीय संस्कृति कई हज़ार वर्षों के काल के क्रूर थपेड़ों को सहते हुए वर्तमान में भी जीवित है और निरंतर नवीन ऊर्जा की प्राप्ति हेतु अग्रसर है| संभवतः प्रागैतिहासिक समुद्र-मंथन का समस्त अमृत, उसको स्वतः अमरत्व प्रदान करता है |

भारतीय संस्कृति को प्रदत्त **'जगत-गुरु'** की वैश्विक उपाधि भी उसकी एक अनुपम विशेषता है | उसे इस ऐतिहासिक उपलब्धि का श्रेय प्राप्त है कि उसने महाद्वीप सदृश भारतवर्ष के वासियों और निवासियों को

सभ्यता का पाठ पढ़ाया अपितु भारत के बाहर विस्तृत क्षेत्रों की जंगली जातियों को सभ्यता और संस्कारों का पाठ पढ़ाया और उन्हें सभ्य बनाते हुए संस्कारित किया | उन विशेष प्रभावों से साइबेरिया से सिंहल(श्रीलंका) तक और मैडीगास्कर टापू,इरान तथा अफगानिस्तान से प्रशांत महासागर के बोर्नेओ,बाली द्वीपों तक के विशाल भू-खण्ड आच्छादित हैं | विश्व की वर्तमान विकसित महाशक्तिशाली राष्ट्र के विचारक भी, अनेक अवसरों पर संदेहग्रस्त होने की स्थिति में, भारतीय संस्कृति और भारतीय दर्शन से ज्ञान-प्रज्ञा प्राप्त करना उचित मानते हैं|'जगत-गुरु' की यह वैश्विक उपाधि , भारतीय संस्कृति के सार में पोषित अमोल निधि है |

भारतीय संस्कृति की एक और महत्वपूर्ण विशेषता उसमें पोषित और प्रवाहित सर्वांगीणता है| वह मानव के सर्वांगीण विकास को समर्पित है | इस समर्पण के अंतर्गत, समस्त मानवीय प्रतिभाओं के विकास का समुचित प्रावधान है | उसमें मनुज की भौतिक शक्तियों के साथ-साथ मानसिक और बौद्धिक शक्तियों के उत्प्रेरण पर भी पर्याप्त बल दिया जाता है | वह शारीरिक और मानसिक रूप से सदैव सजग रहने का उपदेश देती है, जिसके लिए उसमें अनेक विशिष्ट क्रियाएँ और विधिवत परिभाषित योग-आसनों की पद्धति विद्यमान है | इसमें प्रत्येक व्यक्ति के लेखन, पठन-पाठन,विश्लेषण,अन्वेषण और चिंतन क्षमता की वृद्धि को चिह्नित किया गया है |

यही नहीं, इसमें प्रत्येक जीवधारी के समग्र एवं सर्वांगीण विकास का उपदेश एवं सन्देश है |

कर्मयोग की प्रधानता भी, भारतीय संस्कृति की मौलिक विशेषता है | समग्र वैदिक साहित्य में और पौराणिक कथाओं में मानव जीवन में कर्म को प्रमुख स्थान दिया गया है | श्रीमदभगवद् गीता में तो निष्काम कर्म करने के आचार को प्रसारित और प्रचारित किया गया है | कर्म की यह प्रधानता, मानव को अतिशय महत्वाकांक्षी होने से बचाती है और उसे व्यर्थ के भौतिक लोभ और लाभों से पृथक रखती है| भारतीय कर्म का यह स्वरूप, समाज के हित में, नैतिक मूल्यों के संवर्धन हेतु ,सदैव सक्रिय रहता है| वह जीवन के सतत संग्राम में, मानव और मानवता का अस्तित्व बचाने का मार्ग सुगम बनाता है |

भारतीय संस्कृति में एक अनूठा गतिशील पंचामृत भी समाहित है जिसमें उसकी पाँच अनन्य विशेषताएँ सम्मिलित हैं नामतः उसकी असीम उदारता, उसकी उदार सहिष्णुता,उसकी गहन संयमशीलता, उसका नैसर्गिक आतिथ्य भाव और उसमें प्रवाहित आध्यात्मिक तरंगों का वर्चस्व| उसकी उदारता ने अनेक वाह्य संस्कृतियों और सभ्यताओं को सहने और उनसे घुलने-मिलने का साहस और सामर्थ्य प्रदान किया |उसका मौलिक चिंतन ही उदार और सहिष्णु है जो सदैव सह-अस्तित्व और परस्पर मिलन को बढ़ावा देता है | वह

प्रत्येक जीव धारी का आदर करते हुए सदा प्रकृति के मौलिक स्वरूप के संरक्षण में विश्वास करती है और अतिथियों का भरपूर आदर करने को अपना परम कर्तव्य मानती है | उसमें अतिथियों को देवताओं के तुल्य माना जाता है और उनका खुले मन से आदर-सत्कार किया जाता है | इसमें संयम और संतोष को विशेष स्थान देते हुए तृष्णा पर प्रभावी नियंत्रण का कल्याणकारी मार्ग स्थापित है |भारतीय आतिथ्य ,संयम और संतोष को दशकों पूर्व यशस्वी गीतकार शैलेन्द्र ने अपने एक कालजयी गीत की निम्नांकित पंक्तियों में रेखांकित किया था :

"मेहमाँ जो हमारा होता है,
वो जान से प्यारा होता है |
ज्यादा का नहीं लालच हमको,
थोड़े में गुजारा होता है |
बच्चों के लिए जो धरती माँ,
सदियों से सभी कुछ सहती है |
हम उस देश के वासी हैं ,
जिस देश में गंगा बहती है |"

भारतीय संस्कृति के हेतु एक प्रतीकात्मक पारंपरिक कहावत है **'सादा जीवन उच्च विचार |'** इस कहावत में उसका मौलिक दर्शन विद्यमान है | वह सदा

आध्यात्मिक मूल्यों को भौतिक मूल्यों से अधिक महत्व देती है | उससे पोषित और सिंचित लोगों एवं समूहों के आचरण में **'सच्चाई'** और दिलों में **'सफाई'** होती | गीतकार शैलेन्द्र ने चार पंक्तियों में यह बात कितनी कलात्मकता से कही है :

"होंठों पे सच्चाई रहती है ,
जहाँ दिल में सफाई रहती है |
हम उस देश के वासी हैं ,
जिस देश में गंगा बहती है |"

इसी विशिष्ट गीत की कुछ पंक्तियाँ भारतीय संस्कृति में संचित मानवता,प्रेम और मिलनसारिता को भी इंगित करती हैं :

"कुछ लोग जो ज्यादा जानते हैं ,
इंसान को कम पहचानते हैं |
हम पूरब हैं पूरब वाले .
हर जान की कीमत जानते हैं |
मिल जुल के रहो और प्यार करो,
इक चीज यही तो रहती है |
हम उस देश के वासी हैं ,

जिस देश में गंगा बहती है |"

शैलेन्द्र द्वारा कालजयी हिन्दी चलचित्र '**जिस देश में गंगा बहती है**' के लिए रचित उस यादगार गीत की समापन पंक्तियों में भारतीय संस्कृति का सार पिरो दिया है :

"जो जिससे मिला सीखा हमने ,
गैरों को भी अपनाया हमने |
मतलब के लिए अंधे होकर ,
रोटी को नहीं पूजा हमने |
अब हम तो क्या,सारी दुनिया,
सारी दुनिया ये कहती है |
हम उस देश के वासी हैं ,
जिस देश में गंगा बहती है ||"

भारतीय संस्कृति में निरंतर प्रेम ,सत्य,अहिंसा,कला और साहित्य का सृजनात्मक स्वरूप पोषित और संचारित है| उसमें चार वेदों ,अठारह पुराणों,चौबीस उपनिषदों, जातक कथाओं,दुर्लभ नाटकों, अनन्य उपन्यासों,कालजयी महाकाव्यों,रहीम-कबीर-बिहारी के दोहों, खुसरो के तरानों, तुलसी के राम चरित मानस, महाकवि कालिदास की अनन्य कृतियों,अशोक के स्तंभों और शिलालेखों और असंख्य भवनों और मूर्तियों का प्रेरक और रोमांचक यथार्थ है |

भारतीय संस्कृति एक ऐसे गहन अध्ययन का विषय है जो निरंतर शोध-अध्ययन को आकर्षित करती है। महान सांस्कृतिक विशेषज्ञ **श्री ए.एल. बैशम** की कालजयी कृति **'द वंडर दैट वास इंडिया'** इस तथ्य का एक प्रमुख उदाहरण है। भारतीय संस्कृति के अनन्य गलियारों में **पंडित जवाहर लाल नेहरू** की विद्वता **'भारत एक खोज'** के रूप में भारत का सुधी अन्वेषण करती परिलक्षित होती है। **महाकवि जयशंकर प्रसाद** का यह मानना था कि भारतीय संस्कृति एक ऐसा दिव्य शरण-स्थल है जहाँ ज्ञात के साथ अज्ञात को भी सहारा मिलता है। इस संदर्भ में उनकी निम्नांकित पंक्तियाँ विशेष अवलोकनीय हैः

"अरुण यह मधुमय देश हमारा।

यहाँ पहुँच अनजान क्षितिज को मिलता एक सहारा।।"

राष्ट्रकवि मैथिली शरण गुप्त की निम्नांकित काव्य पंक्तियाँ, भारतीय संस्कृति के कल्याणकारी स्वरूप और समरस भावों को रेखांकित करती हैंः

"भारत माता का मंदिर यह,
समता का संवाद जहाँ।
सबका शिव-कल्याण यहाँ है,

पावें सभी प्रसाद जहाँ।

जाति, धर्म का सम्प्रदाय का,

नहीं भेद व्यवधान यहाँ,

सबका स्वागत, सबका आदर,

सबका सम सम्मान यहाँ।"

भारत के **राष्ट्रकवि रामधारी सिंह 'दिनकर'** को इस तथ्य पर परम विश्वास था कि भारतीय संस्कृति सब के मन में बसा एक ऐसा विशिष्ट भाव है जो मात्र एक देश का शील नहीं अपितु समस्त भूमंडल का है। उनकी निम्नांकित पंक्तियाँ इस संदर्भ में विशेष अवलोकनीय एवं विचारणीय हैंः

"मानचित्र में जो मिलता है

नहीं देश भारत है।

भू पर नहीं, मनों में ही

बस कहीं शेष भारत है।।

भारत एक भाव जिसको

भारत एक भाव जिसको

पाकर मनुष्य जगता है।

भारत एक जलज जिस पर

जल का न दाग लगता है।।

भारत नहीं स्थान का वाचक
गुण-विशेष नर का है।
एक देश का नहीं शील
यह भूमण्डल भर का है।।"

वैसे तो भारतीय संस्कृति का सार-स्वरूप एक ऐसा अलौकिक यथार्थ है जिसका अस्तित्व हूँणों और मंगोलों जैसे क्रूर आक्रमणकारियों, मुहम्मद बिन कासिम जैसे अनैतिक अत्याचारी, मुहम्मद गजनी जैसे मूर्तिभंजक, नादिर शाह जैसे हिंसक प्रहारी और अंग्रेजों जैसे उपनिवेश-वादी शासकों के अनेक प्रयत्नों के बावजूद विनष्ट नहीं हो पाया। किंतु आज लौकिक परिस्थितियाँ बहुत विषम हो चुकी हैं । ऐसी विषम परिस्थिति मैं भारतीय संस्कृति को बचाने के आवश्यक उपायों पर मानसिक मंथन और वैचारिक विश्लेषण आवश्यक है। यह तभी सम्भव हो सकता है जब यह स्पष्ट रूप से रेखांकित हो जाए कि आखिर वह किन तत्त्वों अथवा प्रभावों के कारण संकटग्रस्त हुई है | इस सम्बन्ध में गहन विवेचन यह निष्कर्ष प्रस्तुत करता है कि उसे सबसे अधिक खतरा उन भारतीय बच्चों और युवकों से है जो भारत के गौरवशाली सांस्कृतिक अतीत से अनभिज्ञ हैं |ऐसे बच्चों और युवकों के लिए विशेष सत्रों, विशिष्ट कार्यक्रमों एवं नियोजित अनुभव-भ्रमणों के आयोजन को निरंतरता प्रदान करनी होगी, ताकि सब उसके गौरव और गरिमा से भिज्ञ होते हुए उसकी सुरक्षा में सक्रिय भूमिका

निभाएँ | भारतीय वयस्कों,वरिष्ठ नागरिकों और वृद्धों को भी इसमें अहम भूमिका निभानी होगी|

भारतीय संस्कृति में समाहित मानवीय अहिंसा और प्रेम को, सबसे अधिक संकट, वैश्विक आतंकवाद से है, जो अनेक स्थानों पर इसकी जड़ों को खोखला करने का प्रयास कर रहा है | अतः उस आतंकवाद से इन मौलिक विशेषताओं को सुरक्षित रखने के समस्त उपाय नियोजित और संपादित करने होंगे |

अन्य भौतिकता-वादी संस्कृतियों से संपर्क में आने से , भारतीय संस्कृति में भौतिकवाद , अवसरवाद, उपभोक्ता-वाद, बाजार-वाद और अनियंत्रित अनैतिक दोहन की धारा प्रवाहित हो चुकी है जो उसके पुरातन शास्त्रीय स्वरूप से संबद्ध लोकोक्ति 'सादा जीवन उच्च विचार" का खंडन कर उसे 'ऊँचा जीवन सादा विचार' में परिवर्तित करती जा रही है | इस संकट से जूझने का सबसे उत्तम उपाय है विदेशी का त्याग और देशज के प्रति लगाव उत्पन्न करना | भारतीय शिक्षा के स्वरूप को भी इस लक्ष्य को ध्यान में रखते हुए संशोधित करना होगा| इसके अतिरिक्त भारतीय राजनीतिक व्यवस्था में भी आवश्यक बदलाव लाते हुए स्वच्छ,शुद्ध विचारों और नैतिक आचरण वाले नेताओं को निर्वाचित करना होगा | यह कार्य मतदाताओं द्वारा ही संपादित हो सकता है| देश के समस्त बुद्धिजीवियों,साहित्यकारों और कलाकारों को भी इसमें सार्थक योगदान देना होगा |

भारतीय संस्कृति का, भारत की जैविक विविधता से अंतरंग सम्बन्ध है | अतः उसकी सुरक्षा हेतु, भारतवासियों को संगठित हो कर, उसके वनों,पारंपरिक वृक्षों,अभयारण्यों,राष्ट्रीय उद्यानों और आर्द्र भूमियों(वेटलैंड्स) को सुरक्षित रखने की समस्त विधियाँ, प्रयोग में लानी होंगी |

भारत के कलाकारों और साहित्यकारों को भी भारतीय संस्कृति की सुरक्षा हेतु उसके समस्त सार तत्वों को अपनी कृतियों में सम्मिलित करते हुए सृजन तथा निर्माण करना होगा | इसके साथ ही उसमें समाहित संयम,उदारता और सहिष्णुता को सुरक्षित करने के लिए प्रत्येक भारतीय व्यक्ति और समूह को नियमित योग साधना और आध्यात्मिक चिंतन का सहारा लेना होगा |

शिक्षा,ज्ञान,प्रज्ञा,कौशल,बुद्धिमत्ता,समरसता,समग्रता,उदारता,संयमशीलता,सहिष्णुता,आतिथ्य,प्रेम, अहिंसा.कर्म-प्रधानता,योग-साधना,आध्यात्मिकचिंतन,मानवीयता,नैतिकता और कालजयी कलात्मकता,भारतीय संस्कृति के अनमोल रत्न हैं | इसमें सुरक्षा और संरक्षण को सदैव, विनाश और आक्रामकता से अधिक महत्व दिया जाता है | इसने सदा **'वसुधैव कुटुम्बकम'** के भाव को अपनाने हुए समस्त विश्व को प्रेम,अहिंसा,समान आदर, सहनशीलता और वैश्विक सौहार्द का पाठ पढ़ाया है | इसमें ज्ञान, प्रज्ञा और

कौशल का अनूठा मिश्रण है। प्रत्येक भारतवासी का यह विशिष्ट लौकिक दायित्व है कि वह भारत की संस्कृति के संरक्षण और सुरक्षा के प्रति हमेशा सजग एवं जागरूक रहे। वर्तमान विश्व की प्रतिकूल परिस्थितियों में **महाकवि जयशंकर प्रसाद** की कालजयी कृति **'जनमेजय का नागयज्ञ'** की निम्नांकित पंक्तियाँ विशेष प्रासंगिक प्रतीत होती हैः

"क्या सुना नहीं कुछ,अभी पड़े सोते हो?

क्यों निज स्वतन्त्रता की लज्जा खोते हो।

जब दर्प बढ़ा अरि चढ़ा चला जाता है।

तब भी तुममें आवेश नहीं आता है,

अपने स्वत्वों से स्वयं हाथ धोते हो।"

वैदिक मंत्रों की शक्ति से सुसज्जित, उपनिषदों के गहन दर्शन से परिष्कृत, भगवान राम के मर्यादित स्वरूप से समाहित, गीता के उपदेशों से अलंकृत, भगवान बुद्ध के संदेशों से प्लावित तथा सत्याग्रह तथा अहिंसा से सुशोभित भारतीय संस्कृति, सतत अध्ययन और शोध की आकांक्षी है। प्रत्येक भारतीय नागरिक को उसके संरक्षण और सुरक्षा के प्रति सदा सजग रहना चाहिए।

भारत के उत्थान में देश की बेटियों का योगदान

भारतीय संस्कृति की मान्यताओं के अनुरूप, बेटियों अनन्य शक्ति का अवतार और अनुपम ऊर्जा की प्रतीक हैं | वह शक्ति और ऊर्जा, विभिन्न लौकिक रूपों में मुखरित होकर, भारत के उत्थान में, महत्वपूर्ण भूमिका निभाती आयी है और निभाती रहेगी| भारत में कन्या देवी स्वरूप पूज्य है |भारत की बेटियाँ, वैदिक युग से आधुनिक काल तक बुद्धि,विद्या और विवेक में अग्रणी भूमिका का निर्वाह करती रही हैं| वैदिक युग की ऋषिकाएँ प्रज्ञाशील के रूप में उल्लिखित हैं | वेदों में सहज रूप से अनेक ऋषियों के साथ ऋषिकाओं और देविओं की चर्चा है | इनमें उषा-चाँद का बारंबार स्मरण किया गया है |वे ऊर्जावान तथा सन्मार्ग-दर्शक के रूप में स्वीकृत हैं | श्री दुर्गा ने राक्षसों का वध करके सुख,शांतिपूर्ण साम्राज्य की स्थापना की थी | गत पाँच दशकों में तो भारतीय बेटियों ने जीवन के प्रत्येक क्षेत्र में अभूतपूर्व उपलब्धियाँ प्राप्त करते हुए, भारत के उत्थान में विशेष योगदान दिया है और देती रहेंगी|

भारत की बेटियों का सदैव नियोजन एवं संपादन में विशिष्ट स्थान रहा है |पारिवारिक स्तर पर प्रबंध को मितव्ययता प्रदान करते हुए और संपादन में मानवीय मूल्यों का समावेश करते हुए, बेटियों ने भारत के प्रगति-विकास की धार को, नियोजित संपादन का वह स्वरूप प्रदान किया है, जो देश के उत्थान को प्रेरित और त्वरित करता है| ज्ञान और शिक्षा के विवरण से प्रारम्भ करना उचित होगा क्योंकि इन दोनों के आधार पर ही प्रगति की तरंगें प्रवाहित होती हैं| उचित अवसर उपलब्ध कराये जाने अथवा प्रदत्त होने पर, भारतीय बेटियों में, ज्ञान अर्जित करने और शिक्षा ग्रहण करने के प्रति, प्रबल समर्पण और पर्याप्त निष्ठा रहती है, जिसके कारण, वे राष्ट्रीय उन्नति को वांछित गति और अपेक्षित स्तर प्रदान करती हैं | यहाँ पर मात्र पुस्तकीय ज्ञान और स्कूली शिक्षा की बात नहीं हो रही है अपितु, जीवन के वास्तविक अनुभव-युक्त उस लौकिक ज्ञान और शिक्षा की बात हो रही है, जो मनुष्य को, प्रकृति के निकट और नैसर्गिक स्वरूपों के सान्निध्य में रखता है |वर्तमान युग की, सबसे जटिल राष्ट्रीय और वैश्विक समस्या पर्यावरण-ह्रास है, जो वनों और वृक्षों के अनियंत्रित कटान से उत्पन्न हुआ था | इस विकराल समस्या से जूझने का सफल लोकतांत्रिक उपाय भी भारत की अनुपम सुता '**अमृता देवी बिश्नोई**' ने वर्ष १७३० में '**चिपको आन्दोलन**' के माध्यम से प्रस्तुत किया था| उनके दिव्य आचरण से प्रेरित होकर, राजस्थान के जोधपुर जनपद के **खेजरली ग्राम**

में ग्रामवासी, खेजड़ी वृक्षों की सुरक्षा हेतु संगठित होकर, वृक्षों से चिपक गए| अमृता देवी की उसमें शहादत हुई थी |कुल तीन सौ तिरसठ ग्रामवासी शहीद हो गए थे | उस अनन्य आंदोलन का प्रभाव इतना व्यापक हुआ कि वह वनों एवं वृक्षों की सुरक्षा और पर्यावरण-संरक्षण का एक कालजयी प्रतीक बन गया| उसकी स्मृतियों ने, वर्ष उन्नीस सौ तिहत्तर में तत्कालीन अविभाजित उत्तर प्रदेश के गढ़वाल और चमोली क्षेत्रों के महिला मंगल दलों को पुनः प्रेरित किया जो **सुन्दरलाल बहुगुणा** जी और **चंडी प्रसाद भट्ट जी** के निर्देशन में सक्रिय हो गए| अनन्य भारतीय बेटियों द्वारा प्रदत्त चिपको आंदोलन के योगदान से भारत में वृक्षों एवं वनों की सुरक्षा और पर्यावरण-संरक्षण के प्रति विशेष जागरूकता सृजित हुई है |बेटियाँ, उचित पौधों के रोपण और वनस्पतियों के उचित पहचान के प्रति, आम लोगों की रुची बढ़ाने में भी, भरपूर योगदान दे रही हैं | इससे भारत का वास्तविक उत्थान संपादित हो रहा है |

प्रगति और विकास के मानकों में विज्ञान और वैज्ञानिक वृद्धि का विशेष स्थान है | भारतीय बेटियों के वैज्ञानिक योगदान में, गत सौ वर्षों में बहुत वृद्धि हुई है | असंख्य बेटियाँ, वैज्ञानिक अध्ययन और वैज्ञानिक शोध में विशेष रुचि लेते हुए अनुपम उपलब्धियों से संलग्न हो चुकी हैं | जटिल गणितीय शोध में सतत तल्लीन, अनूठी भारतीय गणितज्ञ **मंगला नार्लिकर** का नाम स्वतः उभरता है | अपने उच्च स्तरीय ज्ञान के बावजूद, उन्होंने

भारतीय विद्यार्थियों के लिए गणित का अद्ययन सरल और रोचक बनाते हुए, उन्हें स्वदेश हेतु अधिक उपयोगी बनाया है| इसी प्रकार, **चारुस्मिता चक्रवर्ती** ने, रसायन-शास्त्र में शोध के माध्यम से, अनेक नवीन प्रतिमान सृजित किये हैं | **जवाहरलाल नेहरू सेंटर फॉर एडवांस्ड साइंटिफिक रिसर्च बंगलोर** और **सेंटर फॉर कम्प्यूटेशनल मटेरियल साइंस** के सक्रिय सदस्य के रूप में, चरुस्मिता देश के विकास में अनमोल योगदान दे रही हैं | **महारानी चक्रवर्ती** के मॉलिक्यूलर बायोलॉजी(आणविक जीवविज्ञान) में अभूतपूर्व योगदान को भी उपेक्षित नहीं किया जा सकता| इसी प्रकार, बीसवीं शताब्दी में, **दर्शन रंगनाथन** द्वारा कार्बनिक रसायन में संपादित अभिनव प्रयोगों ने भी, उन्नत परिणाम प्रस्तुत किये हैं | कर्णाटक की **राजेश्वरी** ने **भारत की प्रथम महिला अभियंता** बनकर **'माइक्रोवेव इंजीनियरिंग'** में नई मिसालें कायम कीं हैं| भारतीय केमिस्ट **असीमा चैटर्जी** ने **कार्बनिक रसायन** एवं **फाईटोकेमिस्ट्री** में अनोखे आयाम सृजित किये हैं| मिर्गी और मलेरिया के उपचार हेतु औषधि निर्माण तथा कैंसर के उपचार हेतु 'विंका अल्कलोइड' पर गहन शोध, उनके अविस्मरणीय योगदान हैं | इस सन्दर्भ में विज्ञान में पी.एच.डी. पाने वाली प्रथम भारतीय बेटी **'कमला सोहोनी'** को भी नहीं भुलाया जा सकता | उनके शोध के विषय, प्रायः ऐसे खाद्य पदार्थ होते थे, जो देश के सबसे निर्धन वर्ग के भोजन-क्रम से संबंधित हों | उन्नीसवीं

शताब्दी में हिंदुस्तान की विदुषी पुत्री **आनंदीभाई जोशी** ने, भारत की प्रथम महिला चिकित्सक बनकर, अनन्य योगदान दिया था| उन्नीसवीं शताब्दी में ही, **जानकी अम्मल** ने बॉटनी(वनस्पति-शास्त्र) में अनुपम अवदान दिया | उन्होंने, भारतीय वनस्पति सर्वेक्षण का पुनर्गठन करते हुए, औषधीय महत्व वाली और आर्थिक रूप से मूल्यवान वनस्पतियों की विस्तृत प्रमाणित सूची तैयार करवाई| बी.एस.आई. के महा निदेशक के पद पर, समर्पण और निष्ठा से कार्य करते हुए, उन्होंने अनेक अन्य उपलब्धियाँ भी प्राप्त कीं| भौतिक विज्ञान की ज्ञाता एवं मौसम-वैज्ञानिक **अन्ना मनी** द्वारा, मौसम विज्ञान के क्षेत्र में संपादित अनमोल सुधारों ने, भारतीय नियोजन-पद्धति को सशक्त किया है| आज शिक्षा और ज्ञान को समर्पित भारतीय परिवारों में, बेटियाँ वैज्ञानिक अध्ययन और शोध की ओर विशेष तौर से उन्मुख होते हुए, भारत को समृद्ध और विकसित कर रही हैं| यह प्रवाह और प्रभाव, भारत के लगभग तीस प्रतिशत परिवारों और पैंतीस प्रतिशत क्षेत्रों में जड़ें जमा चुका है | इस तरंग को शेष परिवारों और क्षेत्रों में प्रविष्ट कराने और स्थापित करने के लिए शिक्षित, प्रज्ञ और दक्ष बेटियों को और समर्पित महिला संगठनों को, युद्ध स्तर पर कार्य करना होगा और पिछड़े क्षेत्रों तथा पिछड़े परिवारों को इस दिशा में पर्याप्त जागरूक करना होगा ताकि, वहाँ की बेटियाँ भी, देश के उत्थान में सकारात्मक योगदान देने हेतु सक्षम हो जाएँ|

भारतीय बेटियों के भारत के उत्थान का कोई भी वर्णन, हिंदुस्तान की अविस्मरणीय तथा अप्रतिम सुता **इंदिरा गाँधी 'प्रियदर्शिनी'** के उल्लेख के बिना अधूरा होगा| भारतीय स्वतंत्रता संग्राम में वानर-सेना का गठन एवं संचालन, उनकी प्रशासनिक दक्षता का प्रबल प्रमाण था| वर्ष उन्नीस सौ छाछठ में भारत की तृतीय प्रधान-मंत्री और प्रथम महिला प्रधान-मंत्री बनने के बाद उनके द्वारा नियोजित कतिपय विशिष्ट योगदान जैसे वर्ष १९६९ में 'चौदह बैंकों का राष्ट्रीयकरण' , भारतीय रजवाड़ों के प्रिवी पर्स की समाप्ति, उन्नीस सौ इकहत्तर में पाकिस्तान के विरुद्ध युद्ध और बांग्लादेश का जन्म, अठारह मई वर्ष उन्नीस सौ चौहत्तर में सफल पोखरान परमाणु परीक्षण और उन्नीस अप्रैल वर्ष उन्नीस सौ पचहत्तर को भारत का प्रथम अंतरिक्ष यान 'आर्यभट्ट' का प्रक्षेपण , भारत को प्रदत्त अनमोल सोपान हैं | प्रधान-मंत्री के दूसरे कार्यकाल में इकतीस अक्तूबर उन्नीस सौ चौरासी को उनकी शहादत ने उनकी हिंद की एकता और अखंडता के प्रति सतत प्रेम और विश्वास को समस्त विश्व समुदाय के सम्मुख प्रस्तुत कर दिया था| उनके संकल्प एवं संपादन-प्रक्रिया से असंख्य भारतीय पुत्रियाँ निरंतर प्रेरित और उत्प्रेरित होती रहती हैं |

भारतीय स्वतंत्रता के पूर्व , भारत कोकिला सरोजिनी नायडू के अप्रतिम योगदान को भी कभी भुलाया नहीं जा सकता है| उनकी अथाह बौद्धिक शक्ति,साहसिक ऊर्जा से समाविष्ट माधुर्य,मौलिकता से युक्त और विस्तृत

संस्कृति, निष्ठावान हास्य और अनुपम काव्य-सृजन प्रेरक और सम्मोहक था| उनका 'द गोल्डन थ्रेशहोल्ड', अभिनव सुधार भावों का प्रबल केंद्र है जो आज भी विवाह, शिक्षा, नारी सशक्तीकरण, साहित्य और राष्ट्रीयता हेतु संकल्पित और समर्पित है| हैदराबाद में स्थापित और संचालित सरोजिनी नायडू स्कूल ऑफ़ आर्ट्स एंड कम्युनिकेशन ऑफ़ यूनिवर्सिटी ऑफ़ हैदराबाद उनकी अवधारणा को संचित और संरक्षित करता है |

आधुनिक भारत की तीन अनन्य साहित्यिक बेटियों के भारतीय उत्थान में अनन्य योगदान को कभी विस्मृत नहीं किया जा सकता | महादेवी के अद्वितीय छायावाद से समाहित अनन्य हिंदी काव्य-सृजन, अभिनव नारी सक्रियतावाद , शैक्षिक योगदान और प्रयाग महिला विद्यापीठ की प्रधानाचार्य तथा कुल-सचिव के दायित्व के प्रभावपूर्ण संपादन ने भारत के राष्ट्रीय साहित्यिक स्तर को उन्नत किया | उनकी 'यामा' हमेशा साहित्य सृजन का एक अनमोल स्तंभ है| इसी प्रकार अमृता प्रीतम का प्रथम लब्धप्रतिष्ठ पंजाबी कवयित्री , उपन्यासकार और निबंधकार के रूप में स्तरीय योगदान, अभूतपूर्व यथार्थ है| उनका छायावादी प्रगतिवाद उनके उपन्यास 'पिंजर' तथा काव्य कृति 'कागज़ ते कैनवस' के रूप में सतत संचारित है| शिवानी नाम से प्रतिष्ठित गौरा पंत की कृतियाँ 'चौदह फेरे' 'श्मशान चम्पा' और 'अपराधिनी' , आज भी भारतवासियों के मानसिक उन्नयन की प्रबल स्रोत हैं| महादेवी की घनिष्ठ सखी सुभद्रा कुमारी चौहान की 'झाँसी

की रानी' रानी लक्ष्मीबाई को अर्पित कालजयी कृति, प्रत्येक भारतवासी को देश हित त्याग एवं बलिदान देने के लिए निरंतर प्रेरित करती रहती है | 'द गॉड ऑफ़ स्माल थिंग्स' की प्रतिष्ठित लेखिका **अरुंधति रॉय** और 'दी इनहेरिटेंस ऑफ़ लोस' की लब्धप्रतिष्ठ रचयिता **'किरण देसाई'**, वर्तमान भारत की दो ऐसी अनन्य विदुषी पुत्रियाँ हैं जो भारतीय बौद्धिक उत्थान की प्रबल संवाहक और अनन्य द्योतक हैं|

बीसवीं शताब्दी की एक भारतीय बेटी कमलादेवी चट्टोपाध्याय के योगदानों ने भारत भूमि को उन्नत किया | भारतीय स्वतंत्रता संग्राम में सक्रिय भागीदारी देने के अतिरिक्त उन्होंने स्वतंत्र भारत में 'हस्तशिल्प', 'हथकरधा' और 'नाट्यशाला' के पुनरुज्जीवन में प्रमुख भूमिका निभाते हुए तथा सहकारिता आंदोलन को अभिनव स्वरूप प्रदान कर भारतीय महिलाओं का सामाजिक-आर्थिक स्तर ऊपर उठाते हुए, देश के उत्थान में अनमोल योगदान दिया| अनेक भारतीय सांस्कृतिक संगठनों के वर्तमान उन्नत स्वरूप और अस्तित्व उनके दूरदर्शी नियोजन और समर्पित संपादन का सकारात्मक परिणाम है| **'केंद्रीय कुटीर उद्योग इम्पोरियम'** , **'क्राफ्ट्स कौंसिल ऑफ़ इंडिया'** , **'संगीत नाटक अकादमी'** और **'नेशनल स्कूल ऑफ़ ड्रामा'** उनके चंद उदाहरण हैं | **'नेशनल स्कूल ऑफ़ ड्रामा' से प्रशिक्षित नसीरुद्दीन शाह , शबाना आजमी , ओम पुरी , इरफ़ान खान और नवाजुद्दीन सिद्दीकी जैसे उच्च**

कोटि के कलाकार कमला देवी के महत्पूर्ण योगदान के श्लाघनीय संकेतक हैं |

देश में खेल-कूद का स्तर भी उनके उत्थान का प्रबल संकेत है | गत दशकों में भारत की बेटियों ने इनका स्तर उन्नत करने में अनमोल योगदान दिया है | **'पय्योली एक्सप्रेस'** उपनाम से संबोधित केरल की **पी.टी.उषा** द्वारा एशियाई खेलों और राष्ट्रमंडल खेलों में जीते गए अनेक स्वर्ण पदक,उनके अनन्य योगदान के प्रमाण हैं |वर्तमान में वे केरल प्रांत के कोयीलांडी 'उषा स्कूल ऑफ़ एथलेटिक्स' का संचालन कर, अनेक युवकों एवं युवतियों को प्रशिक्षण प्रदान कर रही हैं | **सानिया मिर्ज़ा** ने लॉन टेनिस में युगल तथा मिश्रित युगल के अनेक ग्रैंड स्लैम टूर्नामेंट जीतकर भारत का मान बढाया है | इसी प्रकार **सायना नेहवाल** और **पी.वी.सिंधु** ने अंतर्राष्ट्रीय स्तर पर भारतीय बैडमिंटन को गौरव प्रदान किया है |**मिथाली राज** ने अपनी अनन्य बल्लेबाजी और कुशल कप्तानी से भारतीय महिला क्रिकेट को बुलंदी प्रदान की है | |फोगाट बहनें गीता, बबिता, प्रियंका, रितु , विनेश और संगीता ने 'भारतीय महिला कुश्ती' को उच्च मान प्रदान किया है| अतः देश के खेल-कूद का उन्नयन करने में भारत की बेटियों ने अनूठा एवं अविस्मरणीय योगदान दिया है |

भारत के प्रथम स्वतंत्रता संग्राम में लड़ते-लड़ते अमर हो जाने वाली रानी लक्ष्मीबाई के बलिदान को कोई

नहीं भूल सकता है| उनकी गौरव गाथा आज भी भारत के चप्पे-चप्पे में गाई और दोहराई जाती है| उनके पराक्रम की मिसाल आज की भारतीय बेटियों के मन में नई स्फूर्ति और नवीन ऊर्जा प्रदान करती है| संगीत के क्षेत्र में अनन्य भारतीय बेटियों लता मंगेशकर और आशा भोंसले का योगदान भी अनुपम है |लता का **'ऐ मेरे वतन के लोगों ज़रा आँख में भर लो पानी'**, **'ज्योति कलश छलके'** एवं **'ये ज़िंदगी उसी की है जो किसी का हो गया'** जैसी असंख्य ऐसे अनन्य गायन हैं जो हमेशा भारतवासियों के मन में रस घोलकर उन्हें सत्कर्मों हेतु प्रेरित करते रहेंगे | इसी प्रकार **आशा भोंसले** का **'तोरा मन दर्पण कहलाये'** , **'आगे भी जाने न तू पीछे भी जाने न तो'** और **'ये क्या जगह है दोस्तों ये कौन सा दयार हैं'** जैसे अनेक गीत , कई दशकों से भारतवासियों को सार्थक सजीव और सकारात्मक भावों से धन्य कर रहे हैं|नर्गिस दत्त द्वारा कालजयी हिंदी चलचित्र **'मदर इंडिया'** में संपादित भूमिका, भारतीय अभिनय का उन्नत मानक है | उनके द्वारा फिल्म **'रात और दिन'** में किया गया स्तरीय अभिनय भी अविस्मरणीय था| अभिनय के अतिरिक्त उनके द्वारा भारत की एकता और अखंडता हेतु संपादित अनमोल योगदान भी कभी नहीं भुलाया जा सकता है | **मीना कुमारी** , **नूतन** और **सुचित्रा सेन** के अभिनय कौशल को भी कभी भुलाया नहीं जा सकता| उन्नत अभिनय के अतिरिक्त इन सब ने भारतीय लोक के उत्थान की दिशा में भी अनमोल योगदान दिया| वर्तमान

में भारतीय अभिनेत्री प्रियंका की राष्ट्रीय एवं अंतर्राष्ट्रीय उपलब्धियाँ, भारत -गौरव की पहचान हैं | उनका **'फैशन'** चलचित्र में अभिनय, अभिनव कौशल का एक श्लाघनीय प्रतिमान है |

भारतीय बेटियों के अस्तित्व में अनेक भूमिकाएँ निहित होती हैं | वे बेटी, बहन और ननद के अतिरिक्त भावी माँ और मातृत्व की भूमिका भी निभाती हैं| भारत की बेटियाँ ,ममता और मातृत्व भाव की उन्नत स्वरूप हैं| संयमशील समर्पित बेटियाँ न हों तो भारत के नौनिहालों का उचित पालन-पोषण असंभव हो जाएगा | शिक्षित भारतीय बेटियाँ , देश के उत्थान के उन्नत नियोजन और उसकी प्रगति के प्रयोजन हेतु सामाजिक सुधा हैं| देश की प्रगति और विकास हेतु भारत की बेटियाँ , प्रेरक जैविक प्राण हैं |बड़ी होकर विवाह के उपरांत यही बेटियाँ मातृत्व प्राप्त करने के उपरान्त छत्रपति शिवाजी,अमर शहीद भगत सिंह और चंद्रशेखर आज़ाद जैसे अनन्य तथा कालजयी व्यक्तित्वों की जीजा बाई, विद्यावती और जगरानी देवी का पावन प्रेरक रूप-स्वरूप धारण कर वसुधा को धन्य करती हैं | विदुषी कमला नेहरू की पंडित जवाहर लाल नेहरु के चरित्र निर्माण में महत्वपूर्ण भूमिका को कभी भी नहीं भुलाया जा सकता है| भारत की बेटियों का मौलिक आचरण और मूल दृष्टिकोण ही अधिकांशतः सूक्ष्मदर्शी और संवेदनशील होता है | हिंद की बेटियों के अनन्य योगदानों के सम्मान में निम्नांकित पंक्तियाँ अर्पित हैं :

'कोमल कलाओं की सोपान हैं |
संगठन संचयन की ये जान हैं |
माता पिता की अथक सारथी |
आरती भारती तारती बेटियाँ |'

इस प्रकार बेटियाँ अपने परिवार को तारते हुए अपने परिवेश, प्रदेश और स्वदेश को भी तारती हैं |

अरुंधति भट्टाचार्य ने वर्ष उन्नीस सौ अठहत्तर में स्टेट बैंक ऑफ़ इंडिया में प्रोबेशनरी ऑफिसर के पद पर प्रवेश किया और अपनी कर्मठता , कर्म-कुशलता और अभिनव नियोजन के दम पर भारतीय स्टेट बैंक के अध्यक्ष के पद पर पहुँच गईं | उनका यह अभिमत है कि यदि भारत के प्रत्येक परिवार में तथा प्रत्येक क्षेत्र में भारतीय बेटियों को उचित प्रोत्साहन तथा सही मार्गदर्शन प्राप्त हो, तो उनके आचार,विचार,संचार और उद्गार, उच्चतम शिखर का स्पर्श करेंगे | वर्ष उन्नीस सौ बहत्तर में भारत की बेटी किरण बेदी ने भारत की प्रथम भारतीय पुलिस सेवा अधिकारी बनकर, भारतीय सुताओं के लिए एक नया मार्ग खोला |आज भारतीय सुताओं ने जीवन की प्रत्येक संभावना को अनुभव करने का संकल्प बना लिया है| भारत की तत्कालीन विदेश मंत्री श्रीमती सुषमा स्वराज और राजस्थान की तत्कालीन मुख्यमंत्री वसुंधरा राजे ने भी अपने-अपने दायित्वों का कुशलता और सजगता से निर्वाह किया| वर्ष दो हज़ार सात में भारत की बेटी प्रतिभा

देवी सिंह पाटिल ने भारत की प्रथम महिला राष्ट्रपति बनकर, भारत के सर्वोच्च संवैधानिक पद के अधीन , अपने दायित्वों का पाँच वर्षों तक कुशल निर्वाह किया।

भारत की बेटियाँ, मौलिक रूप से संयम,साधना. समर्पण,संकल्प और सरस्वती का समन्वित संदेश हैं| उनमें भारतीय संस्कृति की अनुपम ऊर्जा और अथाह शक्ति है| उन्नत जागरूक बेटियों का यह कर्तव्य है कि वे सब संगठित होकर पिछड़े परिवारों और पिछड़े क्षेत्रों की बेटियों को भी उन्नत और जाग्रत करें| इस सम्बन्ध में सक्रिय महिला सामाजिक संगठनों को भी महत्वपूर्ण भूमिका निभानी पड़ेगी।

भारत के राष्ट्रीय जैविक प्रतीक

भारत के राष्ट्र ध्वज, राष्ट्रीय प्रतीक , राष्ट्र गान , राष्ट्र गीत तथा राष्ट्रीय प्रतीक चिन्ह से अधिकांश भारतीय परिचित हैं | पर भारत के जैविक प्रतीकों के बारे में पर्याप्त जानकारी पर्याप्त प्रसारित नहीं है| पर्यावरण की सुरक्षा एवं जैविक विविधता संरक्षण के दृष्टिकोण से राष्ट्रीय जैविक प्रतीकों से सम्बन्धित मौलिक जानकारी उपयोगी ही नहीं अपितु आवश्यक भी है| **'बरगद'** की शाखाओं, **मोर** के नृत्य तथा पंखों, **बाघ** की दहाड़ो, **कमल** के अनुपम सौन्दर्य तथा **डॉल्फिन** की मनोरम उछालों के अद्भुत मिश्रण में इन सभी राष्ट्रीय जैविक प्रतीकों का सरस-बोध संचित तथा संरक्षित है| इन पाँच राष्ट्रीय जैविक प्रतीकों की विशेषताओं का बोध स्मरणीय तथा वंदनीय है|

भारत का राष्ट्रीय वृक्ष

भारत का राष्ट्रीय वृक्ष **'बरगद'** है| यह एक बड़े आकार का सदाबहार वृक्ष है | इसकी छत्र भी काफी बड़ी होती है और खुला स्थान पाने पर वह अधिक फैलती है| लटकी शाखाओं पर फैली इसकी **'हवाई जड़ें'**, इस

प्रजाति की विशेष शारीरिक पहचान है | ग्रामों में सार्वजनिक स्थलों पर इसका अस्तित्व मिलता है| इस पर फूल वसंत ऋतु में आते हैं और इसके फल वर्षा ऋतु में पकते हैं |

बरगद के पर्ण, यज्ञों में प्लेटों के रूप में प्रयुक्त होते हैं | इसकी पत्तियाँ पशुओं का प्रिय चारा भी हैं | इसका फल खाने के काम आता है | यह पेड़ हमेशा आदर्श मिलन-केंद्र अथवा सम्मलेन-स्थल के रूप में प्रचलित और प्रसारित रहा है | मुख्य मार्गों को हरित-सुरंग में बदलने एवम् सड़कों के किनारों की प्रथम(छाया) पंक्ति को संतृप्त करने हेतु यह द्रुम अत्यंत उपयोगी है |

बरगद की अंदरूनी छाल स्तंभक तथा खून का बहाव रोकने वाली होती है| इसका बीज शीतलकारक है तथा इससे टॉनिक बनता है | इसका दूध बहुत ताकतवर होता है | यह कायाकल्प प्रक्रिया को ठीक कर शरीर को नया बना देता है| इसकी क्षीरी, कमर दर्द , जोड़ों का दर्द, **दांत** दर्द में आराम देती है तथा बरसाती फोड़ों-फुंसियों को ठीक करती है| वायुमंडल से धूल कणों को छानकर , बरगद का वृक्ष, हम सब के स्वास्थ्य को सुरक्षित करता है|

बरगद के बीजों के संचय का समय मई-सितम्बर है | पर पौधशाला में आमतौर पर इसकी पौध कटिंग द्वारा तैयार की जाती है| रोपण योग्य सामग्री लगभग बारह माह

में तैयार हो जाती है | क्षेत्र में इसके रोपण का उपयुक्त समय जुलाई-अगस्त है | इसके शुद्ध रोपण हेतु पौध से पौध की परस्पर दूरी कम से कम दस मीटर होनी चाहिए |

बरगद का वानस्पतिक नाम **फाइकस बेंगलेन्सिस** है |

भारत का राष्ट्रीय पशु

भारत का राष्ट्रीय पशु बाघ है | बाघ ! वनों के भोजन-चक्र का सरताज ! इसका वैज्ञानिक नाम **पैन्थेरा टाइगरिस** है | प्रायः **'टाइगर'** संबोधित किया जाने वाला यह जीव अनेक दृष्टिकोण से अनुपम है | **'टाइगर'** शब्द यूनानी शब्द **'टिगरिस'** से लिया गया है जिसका मूल स्रोत फारसी है | उसके फारसी समतुल्य का अर्थ **'एरो'(तीर)** है जो संभवतः , **बाघ की विशेष गति** तथा **टिगरिस नदी** का सन्दर्भ देता है |

आज बाघों का अस्तित्व पश्चिम से पूर्व में चीन तथा दक्षिण एशिया तक और उत्तरी दिशा में दक्षिण पूर्वी साईबेरिया की अमूर नदी तक सीमित रह गया है | वर्तमान स्थिति के अनुसार बाघ की नौ उप प्रजातियों में से तीन लुप्त हो चुकी हैं और एक शीघ्र लुप्त होने के कगार पर है | वर्तमान में जीवित उप प्रजातियाँ बंगाल टाइगर (रॉयल बंगाल बाघ) , मलायी बाघ , साईबेरियन बाघ तथा दक्षिण चीनी बाघ है | रॉयल बंगाल बाघ(**पैन्थेरा टाइगरिस) भारत , बांग्लादेश , नेपाल , भूटान ,** तथा

बर्मा के भागों में पाया जाता है | ये घास स्थलों , कटिबंधी व उष्णकटिबंधी वर्षा वनों , झाड़ीनुमा वनों , आर्द्र तथा शुष्क पर्णपाती वनों एवम् गरानों जैसे विभिन्न प्राकृत वासों में पाया जाता है | इनमें नरों एवम् मादाओं का भार क्रमशः 205 से 207 किलो के मध्य व 130 से 140 किलो के मध्य होता है | उत्तर भारत नेपाली क्षेत्रों में वास कर रहे नर प्रकारों का भार लगभग 236 किलोग्राम होता है | इंडोनेशिआई बाघ कम्बोडिया, चीन , लाओस, बर्मा , थाईलैंड , व वियतनाम में पाया जाता है | यह उप प्रजाति, बंगाली बाघों से छोटे आकार की तथा गाढ़े रंग की होती है |

वयस्क बाघ भीषण क्षेत्रीय(क्षेत्रवादी) होते हैं | उनके आवासीय क्षेत्र का आकार सामान्यतः नरों हेतु 60-150 वर्ग किलोमीटर और मादाओं हेतु 10-20 वर्ग किलोमीटर होता है | वैसे यह आकर क्षेत्र में शिकार की उपलब्धता पर भी निर्भर करता है | भारत के जंगली बाघों का मुख्य भोजन सांभर , गौर , पालतू , भैंस , चीतल , सुअर और नीलगाय है |

विश्व में जंगली बाघों की आबादी में गिरावट के मुख्य कारण लोम प्राप्ति हेतु उनका अवैध शिकार तथा उनके प्राकृतवास का विनाश है | लगभग सौ वर्ष पूर्व विश्व में एक लाख से भी अधिक बाघ थे किन्तु वर्तमान में उनकी आबादी घटकर पांच हजार से भी कम हो चुकी है| **आई.यू.सी.एन.(इंटरनेशनल यूनियन फॉर**

कॉनसरवेशन ऑफ़ नेचर) की अद्यतन रिपोर्ट के अनुसार विश्व में बाघों की संख्या ५२५१ है जिसमें भारत में मौजूद २२२६ बाघों की संख्या शामिल है | भारत में यह संख्या, वर्ष २०११ की स्थिति के सापेक्ष , बाघों की संख्या में तीस प्रतिशत की बढ़त दर्शाता है | भारत में वर्ष १९७३में **प्रोजेक्ट टाइगर** योजना के प्रारम्भ तथा कार्यान्वियन के उपरान्त स्थिति नियंत्रण में है |

भारत का राष्ट्रीय जल पशु

भारत का राष्ट्रीय जल पशु डॉल्फिन है | डॉल्फिन ! एक अति विशिष्ट जल जीव | वैसे तो इसकी अनेक प्रजातियाँ होती हैं पर भारत में पायी जाने वाली सबसे प्रचलित प्रकार नदी में पायी जाने वाली डॉल्फिन है जिसका प्रचलित नाम **गंगा डॉल्फिन** है| इसे **'सूंस'** , **'सोंस'** और **'शूशुक'** नाम से भी पुकारा जाता है | वैसे इसका वैज्ञानिक नाम **'प्लातनिस्ता गेंगेटिका'** है |

भूरा रंग , लंबा नुकीला तुंड , ऊपरी तथा निचले जबड़ों में स्पष्ट दन्त-पंक्ति और पृष्ठीय पंख के स्थान पर त्रिभुजीय लोथड़ा डॉल्फिन की शारीरिक संरचना के मुख्य अंश हैं | नदी डॉल्फिन भारत में मुख्य रूप से गंगा तथा ब्रह्मपुत्र नदी और उनकी शाखाओं में पायी जाती है | प्रमाणित आंकड़ों के अनुसार इनमें सबसे अधिक उम्र के नर की उम्र अट्ठाईस वर्ष और लम्बाई एक सौ निन्यानबे

सेंटीमीटर पाया गया है | इनका मुख्य आहार झींगी , मछली , शार्क(कार्प) तथा अशल्फ़(कैट फिश) होता है |

गंगा डॉलफिन , **भारतीय वन संरक्षण अधिनियम 1972** के **अनुसूची एक के प्रथम भाग** में सूचीबद्ध स्तनपायी जीव है | विस्तृत नदी तंत्रों के अनियंत्रित मानव उपयोगों तथा कृषि रसायनों से उनके जल के विषाक्त होने से इनके अस्तित्व पर संकट छाया है| इसके अलावा नदियों के ऊपर अनेक बाँध निर्माण ने इनका प्रजनन क्षेत्र संकुचित करते हुए , संकट को और बढ़ा दिया है | इस सच्चाई के कारण , अपने ही समान उप-प्रजाति **सिन्धु नदी डॉल्फिन** के साथ यह प्रजाति **आई.यू.सी.एन.(इंटरनेशनल यूनियन फॉर कोन्सरवेशन ऑफ़ नेचर)** की सूची में **लुप्तप्राय** घोषित हो चुकी है | इस विशिष्ट जीव के महत्व को विशेष स्थान देते हुए ही भारत सरकार ने इसे **सत्ताईस मई वर्ष दो हजार दस** में भारत का **राष्ट्रीय जल जीव** घोषित कर दिया था |

इन अनोखे जीवों की काया तुर्करूपी , धारारेखित तथा तीव्र तैराकी हेतु अनुकूलित होती है |इसकी पूँछ पख (क्लूक) प्रणोदन में प्रयुक्त होती है जबकि अंसीय पंख(पक्टोरल फिन),गति की दिशा पर नियंत्रण करती है | इनके शीर्ष पर **'मेलन'** नामक एक **गोलाकार ग्रंथि** होती है जो **'प्रतिध्वनि अवस्थापन'(इको लोकेशन)** हेतु प्रयुक्त होती है | अधिकांश डॉल्फिनों की दृष्टि शक्ति

तीक्ष्ण तथा श्रवण इन्द्रिय मनुष्यों से प्रवर होती है || शीर्ष के दोनों ओर एक लघु कर्ण-छिद्र होता है | जल के अन्दर इनकी श्रवण क्रिया में इनका निचला जबड़ा भी सहायता करता है | श्रवण का प्रयोग **प्रतिध्वनि अवस्थापन(इको लोकेशन)** में भी होता है जिसकी क्षमता सभी डॉल्फिनों में होती है |

इन विशिष्ट जीवों द्वारा प्रसारित ध्वनियों का विन्यास विस्तृत होता है | ये क्रिया उनके तन पर स्थित वायु छिद्र के ठीक नीचे स्थित नासिका से होती है | विशेषज्ञों द्वारा इस सम्बन्ध में तीन प्रकार की ध्वनि की पहचान की गयी है | **ये ध्वनियाँ पशुओं द्वारा समुद्र में उत्पन्न सबसे प्रबल ध्वनियों में शामिल हैं** |

डॉल्फिन यदा-कदा जल सतह से ऊपर उछाल भरते हुए सर्कसी करतब दिखाती हैं | यह क्रिया भोजन अथवा शिकार की तलाश हेतु या फिर मात्र मनोरंजन या क्रीड़ा हेतु संपादित होती है | मनोरंजन , क्रीड़ा तथा खेल-कूद इनकी जीवन शैली के अभिन्न अंग हैं _

ऐसे अनन्य गुणों वाले जीव की मनोरम उछालें की आवृत्ति तथा प्रतिध्वनि अवस्थापन की तीव्रता पोषित और उत्प्रेरित हो , यही हम सब का प्रयास होना चाहिए | इसी में प्रकृति और पर्यावरण की सुरक्षा है |

भारत का राष्ट्रीय पक्षी

भारत का राष्ट्रीय पक्षी मोर है | यह मात्र भारत के सामाजिक जीवन में ही नहीं अपितु धार्मिक एवं अध्यात्मिक क्षेत्रों में भी कहीं स्थूल तो कहीं प्रतीकात्मक रूप से अपना परचम बखूबी लहराता है |

विश्व में मोर की कुल तीन प्रजातियाँ हैं जिनमें दो एशिआई हैं और एक अफ्रीकी है | भारतीय मोर दो एशिआई प्रजातियों में से एक है और उसका वैज्ञानिक नाम 'पावो क्रिस्टाटस' है | अपने नीले पंख-विन्यास और विशिष्ट स्वरोच्चारण के कारण यह प्रजाति अनेक सांस्कृतिक तथा पारंपरिक प्रतीकों और मान्यताओं से सम्बद्ध है |

लगभग हर युग में मोर हमेशा से समृद्धि एवं सत्ता के तथा मोर-पंख सौंदर्य तथा ज्ञान के प्रतीक माने जाते हैं | हिन्दुओं की पौराणिक कथाओं के अनुसार मोर वन में, आबादी क्षेत्रों में तथा समुद्रतल से लगभग दो हज़ार मीटर तक ऊँचे पहाड़ों पर निर्भय विचरते हैं | मोरों को भगवान कृष्णा के श्रद्धेय प्रतीकों के रूप में भी जाना जाता है | यह तथ्य विशेष ध्यान देने योग्य है कि भगवान कृष्ण का मुकुट, मोर पंखों से सुसज्जित मोर मुकुट है | मोर के पंख ज्ञान का प्रतीक माने जाते रहे हैं क्योंकि इनमें आँख जैसी संरचना होती है | ये आँखें ही हैं जिनसे अवलोकन संभव है और अवलोकन से ही ज्ञान की प्राप्ति होती है | इसे सौंदर्य का प्रतीक इसलिए कहते हैं क्योंकि इसकी शारीरिक संरचना बहुत सुन्दर है | इसका सौंदर्य-बोध

ऐसा है कि देखने वाले के हृदय में शृंगारिक भाव संगीत की धारा फूटने लगती है | मस्तिष्क का ज्ञान एवं दिल के प्रेम का अनूठा संगम सांकेतिक रूप से मोर के पंख में प्रतिबिंबित होता है | यह भी कहा जाता है कि भगवान कृष्ण ने राधा से प्रेम निवेदन के समय तथा रास के समय, अपनी ही वंशी के धुन पर एक प्रकार से मोरों की तरह गोपियों के साथ समेकित नृत्य किया था | आज भी भगवान कृष्ण के मंदिरों के द्वारों पर मोर चित्रित मिलते हैं| इतना ही नहीं , हिन्दुओं से संबंधित पौराणिक कथाओं में मोर को देवताओं के सैन्य संचालक एवं महादेव के बड़े पुत्र भगवान कार्तिक स्वामी का वाहन माना जाता है | यह भी कहा जाता है कि एक बार जब सभी देवताओं ने पक्षियों का रूप धारण किया था तब देवराज इंद्रा ने स्वयं मोर का रूप धारण किया था और शायद इसीलिए जब-जब भगवान इंद्रा की कृपा से पृथ्वी पर वर्षा होती है तो सभी मोर आनंद में देवताओं को भी मुग्ध कर देने वाला प्रसिद्ध मयूर नृत्य करते हैं | हमारे प्रसिद्ध धार्मिक महाकाव्य रामायण में भी इन सुन्दर पक्षियों के बहुत से प्रसंग मिलते हैं | बुद्ध-धर्म की जातक कथाओं (जिन्हें महा-मोर के नाम से जाना जाता है) में इस बात का उल्लेख किया गया है कि भगवान मनुष्य के रूप में जन्म लेने से पूर्व एक स्वर्ण-मयूर की योनि को सुशोभित कर रहे थे | बौद्ध धर्म एवं जैन धर्म की पौराणिक कथाओं तथा लोक परम्पराओं में मोरों के महत्व एवं उनकी भूमिका के बहुत से प्रसंग उपलब्ध हैं जहाँ उन्हें करुणा , संवेदना एवं

सतर्कता का प्रतीक माना जाता है | इस्लामी लोक कथाओं में इस बात का उल्लेख है कि मोर स्वर्ग के द्वार के असली संरक्षक हैं | पुरातन पारसी कथाओं के अनुसार जीवन-वृक्ष के दोनों ओर एक-एक मोर जो एक दूसरे की तरफ देख रहे हों , मानवीय प्रकृति के दुविधा भाव को दर्शाते हैं | प्रारम्भिक इसाई काल में एक दूसरे की तरफ देखते हुए दो मोरों के चित्रण का सांकेतिक अर्थ अर्थ यह समझा जाता था कि ये मोर न होकर जीवन के सुरम्य झरने से रसपान करने वाली आत्मा हों | संत आगस्टिन द्वारा एक स्थान पर उल्लेख किया गया है कि इसाई धर्म में प्रचलित एक विश्वास के अनुसार ,मोर के मांस का क्षरण नहीं होता है अतः मोर इस बात के प्रतीक हैं कि आत्मा अमर है | चीन में भी मोर को सौन्दर्य , मान , प्रतिष्ठा एवं कुलीनता का प्रतीक माना जाता है | इसीलिए मिंग शासकों द्वारा इसे अपना प्रतीक चिन्ह भी घोषित किया गया था | यूनानी पौराणिक कथाओं के अनुसार मोर यूनानी देवताओं की महारानी 'हेरा' का आत्मीय पक्षी था | ऐसी मान्यता है कि उस काल में मोर के पंखों पर आँख जैसी संरचना नहीं थी | महारानी 'हेरा' के पास सौ आँखों वाला 'आर्गस' नामक एक राक्षस था जिसको उन्होंने अपने पति 'जिउस' की निगरानी का दायित्व सौंपा था जिसमें असफल रहने पर महारानी हेरा ने दैत्य की सभी आँखें निकालकर , अपने प्रिय पक्षी मोर के पंखों के ऊपर व्यवस्थित कर दिया तभी से मोर के पंख पर 'आँख' जैसी संरचना पायी जाती है |

समाज में मोर को सुरक्षा एवं संरक्षा का पक्षी माना जाता है | कहा जाता है कि मोर पराशक्तियों के ऋणात्मक प्रभाव से व्यक्ति की रक्षा करते हैं | मान्यता यह भी है कि मोर हमारे मस्तिष्क में आनंद , समता एवं समन्वय की भावना उत्पन्न करते हैं | कुछ लोग मोर को कर्तव्यनिष्ठा , ईमानदारी और वफादारी का प्रतीक भी मानते हैं | मोर बरसात के सम्बन्ध में भविष्यवाणी भी करते हैं क्योंकि जब बरसात आने वाली होती है तो ये नृत्य करने लगते हैं | कुछ लोगों में यह प्रबल धारणा है कि मोर का पंख मिलना सौभाग्य , मानसिक शांति , स्वच्छता तथा सुरक्षा का सूचक है तो कुछ लोग मोर के पंख को देवदूत का पंख , मोर की कर्कश आवाज को राक्षसी आवाज़ तथा उसकी प्राकृतिक. धीमी बिना आवाज की चाल को चोरों की सी चाल बताते हैं | यह देखा गया है कि मोर पंख जहाँ होता है वहाँ छिपकलियाँ एवं साँप नहीं आते |

पक्षियों की उड़ान सांकेतिक रूप से आत्मा के विकास की कड़ी में में भौतिक जगत से आध्यात्मिक संसार में आत्मा की यात्रा को दर्शाती है |इस आत्मिक विकास की यात्रा के मुख्यतः पाँच चरण आत्मिक रूपांतरण के तत्वेत्ताओं द्वारा रेखांकित किये गये हैं और प्रत्येक चरण का कोई न कोई पक्षी प्रतिनिधित्व करता है | इसमें मोर भी शामिल है जो तृतीय चरण में आता है | हंस द्वारा संचारित द्वितीय चरण के उपरान्त आत्मा की चैतन्यता लौटती है और अचेतन से चैतन्य अवस्था में

रूपांतरण होता है | इस चैतन्य अवस्था में आत्मा आध्यात्मिक संसार के जगमगाते तारामंडल के रंगारंग स्वरूप के बदलते रंग विन्यास का अवलोकन करती है | इसे **'रैपिड इरिदेसेंस ऑफ़ कलर्स'** कहते हैं | इस अवस्था की तुलना मोर पंख से की गयी है | यह तीसरी अवस्था भौतिक संसार से आध्यात्मिक जगत की यात्रा का निर्णायक मोड़ है जिसमें समस्त वाह्य अभिव्यक्तियाँ एकीकृत होकर एक नया स्वरूप ग्रहण करती हैं | इस प्रकार मोर के पंख , आत्मा के विकास के इस तीसरे पड़ाव का प्रतिनिधित्व करते हैं |

मोर हमारे राष्ट्र का गौरव है और उसको हम जिस दृष्टि से देखें , वह हमारे लिए हर तरह से अपनी उपयोगिता का उद्‌घोष करता है | इतना ही नहीं वह सर्पों का नियंत्रक और प्राकृतिक भोजन चक्रों की एक महत्वपूर्ण कड़ी है | यह हमारी धार्मिक भावनाओं से भी गहनता से जुड़ा हुआ है तथा आध्यात्मिक धरातल पर भी प्रतीकात्मक रूप से हमें आत्मोन्नति के लिए प्रेरित करता है | इस अनुपम खग को हम सबके प्यार , सुरक्षा एवं संरक्षण की आवश्यकता है |

भारत का राष्ट्रिय पुष्प

भारत्त का राष्ट्रीय पुष्प कमल है | 'कमल' एक ऐसी जलीय वनस्पति का फूल है जिसका वैज्ञानिक नाम 'नेलुम्बो नुसिफेरा' है | यह पुष्प प्रकार , परम्पराओं एवं लोक मान्यताओं में सौंदर्य , शुद्धता और पावनता का प्रतीक है | यह वानस्पतिक प्रजाति एक जलीय बारहमासी है | अनुकूल परिस्थितियों में इसके बीजों की अंकुरण-क्षमता अनेक वर्षों तक बनी रहती है | एक विशिष्ट आँकड़े के अनुसार उत्तर-पूर्वी चीन के एक सूखी झील से प्राप्त कमल के बीज लगभग तेरह सौ वर्ष पुराने हैं | कमल वियतनाम देश का भी राष्ट्रीय पुष्प है | भारतीय संस्कृति से इस पुष्प का बहुत गहरा सम्बन्ध है | भगवती लक्ष्मी को आम तौर पर कमल पुष्प के ऊपर खड़ा और दो करों में कमल-पुष्प धारण किये हुए दर्शाया जाता है | भगवान विष्णु भी प्रायः कमल को पकड़े , कमल पर बैठे और कमल की कलिकाओं का मुकुट धारण किए चित्रित होते हैं |बौद्ध प्रतीक के अनुसार कमल, काया, वाणी और मस्तिष्क की दैवी शुद्धता का प्रतीक है जो लगाव और कामना के मटमैले जल के ऊपर सुगम तथा सात्विक तरण का प्रतिनिधित्व करता है | एक विशिष्ट अनुश्रुति के अनुसार भगवान बुद्ध को जन्म से ही चलने की क्षमता प्राप्त थी और उनके कदम जहाँ भी पड़ते थे वहाँ कमल पुष्प मुखर होकर लहलहा उठते थे | वैश्विक लिखित और मौखिक साहित्य और संस्कृतियों में कमल को सौंदर्य , पूर्णता , शुचिता और लावण्य का द्योतक माना जाता है |

समापन

भारत के पाँच राष्ट्रीय जैविक प्रतीकों का यह विशिष्ट समूह , भारतवर्ष के उन्नत पर्यावरण और अनन्य जैविक विविधता का उन्मुक्त प्रतीक है | कमल का शुद्ध सौन्दर्य , डॉल्फिन की मनोरम उछाल , बरगद की परोपकारी छाया , मोर की अनुपम छटा और अविस्मरणीय स्वरोक्ति तथा बाघ की दहाड़ मात्र यहाँ के नागरिकों और ग्रामीणों को ही नहीं अपितु विदेशी सैलानियों को भी सम्मोहित करते हैं |

भारत में लोकतंत्र :- उद्देश्य एवं उपलब्धियाँ

आधुनिक युग में भारत, विश्व के सबसे अधिक जनसंख्या वाले लोकतंत्र के रूप में विख्यात और स्थापित है| भूमंडल सम्मेलनों में, भारत की लोकतांत्रिक व्यवस्था, विशेष विश्लेषण के विषय के रूप में चर्चित रहती है | इस लौकिक यथार्थ से, कुछ विशिष्ट उद्देश्य और कुछ विशेष उपलब्धियाँ सम्बद्ध हैं |

लोकतंत्र का नाम आते ही, महान विचारक और अनन्य राजनीतिज्ञ 'अब्राहम लिंकन' द्वारा, मानव समाज को प्रदत्त उसकी कालजयी परिभाषा, **'जनता द्वारा , जनता की ,जनता के लिए** ' मानव मानस में उभरती है | अतः यह स्पष्ट है कि, लोकतंत्र का मौलिक लक्ष्य, जनता का हित है | किसी भी लोकतान्त्रिक व्यवस्था के उद्देश्य, इसी विशिष्ट लक्ष्य को परिक्रमित करते हैं | समय-समय पर, इनका सामाजिक, सांस्कृतिक और राजनीतिक विश्लेषण भी होता रहता है |

वैसे तो प्राचीन काल में भी, लोकतंत्र सदृश स्वरूपों का अस्तित्व, कुछ राज्यों में विद्यमान होना इंगित है | राजनीतिक विशेषज्ञों के मतानुसार,लोकतंत्र

मौलिक रूप में प्राचीन यूनानी परिकल्पना है जिसे मध्य-कालीन इंग्लैंड के परिवेश में सामाजिक तथा राजनीतिक पोषण प्राप्त हुआ | अठ्ठारहवीं शताब्दी की फ्रांसीसी क्रांति के दौरान एवं उसके उपरान्त,लोकतंत्र को नवीन पंख प्राप्त हुए | भारत में, उसके आधुनिक स्वरूप के अंकुर, ब्रिटिश शासन के अंतिम सौ वर्षों में स्थापित हुए | उस अवधि में चुनाव एवं मतदान के अतिरिक्त विकास , न्याय एवं शिक्षा जैसे विषयों का समावेश हुआ | फ़्रांसीसी क्रांति के तीन प्रमुख लक्ष्य, नामतः **स्वतंत्रता, समानता** और **भ्रातृत्व** भी समाविष्ट हो चुके थे | किन्तु उस अवधि में उसमें, ब्रिटिश दृष्टिकोण आच्छादित था | भारत में लोकतंत्र का व्यापक समावेश , उसकी स्वतंत्रता के उपरान्त , भारतीय संविधान के सृजन , अभिलेखन और अंगीकरण के साथ सम्भव हुआ | इससे यह स्पष्ट होता है कि भारतीय लोकतंत्र के उद्देश्य, उसके विशाल संविधान में निहित एवं अभिलेखित हैं | उनका सजीव सारांश, उसके प्रस्तावना में पोषित है | उसके प्रारंभिक सम्बोधन 'हम लोग' में समस्त भारवासियों का संकल्प विद्यमान है | 'सम्पूर्ण प्रभुत्व संपन्न' 'लोकतंत्रात्मक' और 'गणराज्य' शब्दों का प्रयोग यह घोषित करता है कि भारत की व्यवस्था और तंत्र , राजतंत्र से पूर्णतया पृथक होकर , एक निर्वाचित मुखिया के नेतृत्व में, विकास की और अग्रसर है | भारतीय संविधान स्पष्ट रूप से तीन प्रकार के न्याय पर बल देता है नामतः **सामाजिक न्याय** , **आर्थिक न्याय** और **राजनीतिक न्याय** | इसी प्रकार वह

पाँच प्रकार की स्वतंत्रता को वैधानिक आधार प्रदान करता है, नामतः विचारों की स्वतंत्रता . अभिव्यक्ति की स्वतंत्रता, विश्वास की स्वतंत्रता , धर्म की स्वतंत्रता एवं उपासना की स्वतंत्रता | न्याय एवं स्वतंत्रता के अतिरिक्त, संविधान दो विशिष्ट समताओं को इंगित करता है , नामतः प्रतिष्ठा की समता तथा अवसर की समता | इस प्रकार, यदि भारत में लोकतंत्र के उद्देश्यों पर सार्थक चिंतन किया जाए, तो तीन मौलिक उद्देश्य स्पष्ट होते है जो तीन विशिष्ट शब्दों में समाहित हैं नामतः **न्याय** , **स्वतंत्रता** और **समता,** जिनका विस्तृत उल्लेख और प्रावधान भारतीय संविधान में किया गया है | इन उद्देश्यों के सापेक्ष, उपलब्धियों के वर्णन और विश्लेषण के पूर्व , भारत के लोकतंत्र के मौलिक स्वरूप को भी समझना आवश्यक है | भारतीय लोकतंत्र सीधा लोकतंत्र नहीं, अपितु प्रतिनिधित्व लोकतंत्र है, जिसमें स्वतंत्र एवं निष्पक्ष आम चुनावों द्वारा निर्वाचित प्रतिनिधियों की विशेष भूमिका है| इन प्रतिनिधिओं का कर्मठ , निष्ठावान , प्रज्ञ, ज्ञानी, योग्य और कुशल होना , देश के स्वस्थ विकास हेतु बहुत आवश्यक है | अतः भारत के वास्तविक विकास को सुगम बनाना और उस हेतु उसके जन-जन की आकांक्षाओं की पूर्ति हेतु ,उसे स्वस्थ प्रतिनिधित्व प्रदान करना भी , पृथक उद्देश्यों के रूप में सम्मिलित किया जा सकता है |

भारतीय लोकतंत्र के उद्देश्यों के सापेक्ष, उपलब्धियों का विश्लेषण करना ही उचित होगा |

सर्वप्रथम 'न्याय' की स्थिति पर विचार करना प्रासंगिक है | सामाजिक न्याय का आकलन करें, तो कुछ विशिष्ट उपलब्धियाँ उभर कर आती हैं | महिलाओं के सशक्तीकरण एवं उनके हेतु सृजित आजीविका के अवसरों में बहुत वृद्धि हुई है | राष्ट्रीय महिला आयोग के गठन के साथ , अनेक महिला संस्थानों एवं संगठनो ने, उस दिशा में समन्वित एवं समेकित प्रयास किया है | इसी प्रकार , समाज के पिछड़े वर्गों एवं दलित वर्गों की स्थिति में भी अभूतपूर्व सुधार आया है | पूर्व की तुलना में उनको सामाजिक आयोजनों में अधिक सम्मान प्राप्त होने लगा है | उनके शैक्षणिक उत्थान हेतु भी, अनेक योजनाएँ सक्रिय हैं जिनके फलस्वरूप उनके ज्ञान , दक्षता और अभिवृत्ति में अभूतपूर्व विकास हुआ है | समाज के अन्य वंचित अथवा उपेक्षित वर्ग प्रकारों की दशा में भी, आशावादी संशोधन हुआ है | उदाहरण स्वरूप , वनवासियों एवं वनों से संलग्न ग्रामों में , वनों पर निर्भर ग्रामवासियों की सामाजिक प्रतिष्ठा में, अवलोकनीय उन्नति हुई है , जिसमें संयुक्त वन प्रबन्ध पद्धति का प्रमुख योगदान रहा है | किन्तु अनेक दुर्गम क्षेत्रों में विकास,प्रभाव अथवा सुधार नगण्य है | उनके हेतु भी विस्तृत प्रयास होना शेष है | आर्थिक न्याय की दिशा में भी, विशिष्ट उपलब्धियाँ प्राप्त हुई हैं | सबसे बड़ी प्राप्ति तो यह है की निर्धनों एवं दुर्बल वर्गों को सूदखोरों से प्रभावी मुक्ति हेतु, अनेक स्व-रोजगार योजनाओं तथा विभिन्न बैंकों द्वारा सरल वित्त पोषण की सुविधा का नियोजित

विस्तार हुआ है | पर संभवतः उसके और व्यापक होने की आवश्यकता है | सूक्ष्म नियोजन को सामान्य तौर पर अपनाना तथा उसे अधिक गहन और पर्याप्त अभिनव बनाना वांछित है | राजनीतिक न्याय के तो अनेक प्रबल संकेतक हैं | सर्वप्रथम पंचायती राज व्यवस्था का प्रभावी रूप से लागू होना, वंदन और अभिनन्दन योग्य है | यह त्रिस्तरीय लाभकारी व्यवस्था, जनपद स्तर , खंड स्तर और ग्राम्य स्तर पर क्रियाशील है, जिसके अन्तर्गत, जिला पंचायत अध्यक्ष , खंड-प्रमुख और ग्राम-प्रधान की महत्वपूर्ण भूमिकाएँ हैं | इस तंत्र की सफलता, लोकतंत्र की सफलता का प्रत्यक्ष प्रमाण है | राजनीतिक न्याय को, सम्भव तथा सुगम बनाने के लिए, भारत की व्यवस्था में जन प्रतिनिधियों का, गुप्त मतदान द्वारा सर्वोत्तम चयन एवं निर्वाचन नितांत आवश्यक है | इस हेतु चुनावों की व्यवस्था सुनिश्चित हो चुकी है जिसका सबसे विशाल स्वरूप है लोक सभा आम चुनाव |स्वतंत्र भारत में प्रथम आम चुनाव वर्ष उन्नीस सौ बावन में संपादित हुआ था | आज, उसके लगभग सात दशक उपरांत , वह पद्धति पूर्ण नियोजित तथा पर्याप्त प्रभावशाली हो चुकी है | प्रत्येक संसदीय क्षेत्र हेतु अनेक मतदान केन्द्रों का चयन एवं सृजन, चुनाव प्रेक्षकों का समय से न्यायपूर्ण निर्धारण, चुनाव प्रक्रिया में इलेक्ट्रॉनिक मतदान यंत्रों का समावेश , मतदाता पहचान पत्र का आधार इत्यादि, निष्पक्ष चुनावों के सार्थक प्रमाण तथा संकेत हैं | समय के साथ, मतदान प्रतिशत में वृद्धि होती जा रही है, जो जनता की चुनाव में

भागीदारी में विकास तथा उत्थान का दिव्य दर्पण है | गत वर्ष संपन्न विभिन्न भारतीय राज्यों में संपादित विधान सभा चुनाव, इस यथार्थ को सत्यापित और रेखांकित करते हैं | सभी संबंधित राज्यों में मतदान, साठ प्रतिशत से अधिक रहा | यह सच्चाई, लोकतंत्र के विजय-पंथ का प्रबल तथा प्रभावशाली उद्घोष है | मतदान प्रतिशत में और अधिक वृद्धि उचित होगी जिसे कम से कम अस्सी प्रतिशत करने की आवश्यकता है ताकि राजनैतिक प्रतिनिधित्व जन-जन के उद्गारों तथा आकांक्षाओं का प्रतिबिम्ब बन सके | भारत के गोवा राज्य ने इस आवश्यकता का स्पर्श करते हुए ,भारतीय लोकतंत्र के सुरक्षित भविष्य को सांकेतिक किया | इस प्रकार, राष्ट्रीय आम चुनाव के अतिरिक्त, राज्यों के विधान सभा चुनाव भी नियोजित एवं प्रचलित हो चुके हैं | चुनावों हेतु गठित चुनाव आयोग , निष्पक्ष एवं स्वतंत्र चुनावों के सम्पादन का सक्षम प्रहरी है | सामाजिक न्याय , आर्थिक न्याय एवं राजनैतिक न्याय के समन्वित सम्पादन हेतु भारत में विधायिका, कार्यपालिका और न्यायपालिका का परस्पर स्वतंत्र स्वरूप है | विषम राजनीतिक परिस्थितियों में न्यायपालिका को, न्यायिक समीक्षा का संवैधानिक प्रावधान भी प्रदत्त है जिसका अनेक अवसरों पर प्रयोग भी हो चुका है,हो रहा है और भविष्य में भी होता रहेगा |

न्याय की स्थिति पर विचार के उपरान्त, पाँच स्वतंत्रता प्रकारों पर मानसिक तथा वैचारिक मन्थन, उचित प्रतीत होता है | विचारों एवं अभिव्यक्ति की

स्वतंत्रता का स्तर तो स्पष्ट रूप से रेखांकित है | पत्रकारों के स्वतंत्र लेखन , दैनिक समाचार पत्रों के स्वतंत्र प्रवाह और विभिन्न पत्रिकाओं के स्वतंत्र प्रकाशन, इसके प्रत्यक्ष द्योतक हैं | दूरदर्शन के अनगिनत समाचार चैनल भी इसके प्रमाण हैं | वर्षों से सक्रिय 'टाइम्स नाव चैनल' का सशक्त विश्लेषण भी उसका साक्षी है | विश्वास, धर्म और उपासना की स्वतंत्रता स्थापित करने और पोषित करने का उद्देश्य भी प्रभावी रूप से पूर्ण हो रहा है| स्वतंत्रता के समय भारतवर्ष में विद्यमान परस्पर वैमनस्य,वर्तमान काल में अत्यंत न्यून हो चुका है | विभिन्न क्षेत्रों में एवं विभिन्न वर्गों में भिन्न-भिन्न विश्वास , धर्म और उपासना के स्वरूप परस्पर सौहार्द में श्वसन करते हैं | कोई भी भारतीय नागरिक अथवा ग्रामीण, किसी भी धर्म का पालन करने और उपासना की किसी भी विधि के प्रयोग को अपनाने हेतु मानसिक और हार्दिक रूप से स्वतंत्र है |

प्रतिष्ठा और अवसर की समानता की स्थिति पर चिंतन करने पर उस संवैधानिक प्राविधान का ध्यान आता है कि **जाति, धर्म . लिंग , रंग अथवा जन्म-स्थान के आधार पर कोई भेदभाव नहीं किया जाएगा |** इस सन्दर्भ में हमें यह स्वीकार करना होगा कि देश में क्षेत्रवाद के निरंतर बढ़ने के कारण रंग ,जाति और जन्म-स्थान से उत्पन्न भेदभाव उन्नत हो चुका है जिसको कतिपय संगठनों द्वारा संरक्षण भी दिया जा रहा है | '**दलित राजनीति**' और '**पिछड़ा वर्ग राजनीति**" जैसे

शब्द समूहों का स्वरूप,समय के साथ सबल होता जा रहा है | साहित्य को भी इन वर्ग प्रकारों में विभाजित करने का निरंतर प्रयास संचालित,संपादित और प्रवाहित हो रहा है | लोकतंत्र के उच्चतम स्तर को प्राप्त करने के लिए इन विपरीत अवरोधक तत्वों का उचित तथा सामयिक उपचार आवश्यक है | अतः प्रतिष्ठा, समय के प्रवाह के साथ, दूषित और प्रदूषित होती जा रही है तथा अवसर की समानता, वस्तुतः सरकारी सेवाओं तक ही सीमित होकर रह गयी है |

भारत के वास्तविक विकास को सुगम बनाने के सम्बन्ध में यह टिप्पणी उचित है कि विकास को भौतिकता के साथ सतत क्रियाशील तथा पोषणीय बनाना आवश्यक है | इसके लिए शिक्षा व्यवस्था में आवश्यक परिवर्तन करते हुए जैविक विविधता, पर्यावरण , आर्द्र-भूमि, वन एवं दैवी आपदा जैसे विषयों को, पूर्व से अधिक महत्व देना पड़ेगा | जहाँ तक भारत की जनता की आकांक्षाओं की पूर्ति हेतु उसे स्वस्थ प्रतिनिधित्व प्रदान करने का उद्देश्य है, उसमें एक सीमा तक भारत को उल्लेखनीय सफलता प्राप्त हुई है | अधिकांशतः चुनाव एवं मतदान निष्पक्ष एवं स्वतंत्र स्वरूप में स्थापित हो रहे हैं | भारतीय नागरिक को संवैधानिक तौर पर प्रदत्त मताधिकार, भारतीय लोकतंत्र का प्रबलतम संकेतक है | मतदान हेतु पात्रता की न्यूनतम आयु , जो भारतीय गणतंत्र के जन्म वर्ष में इक्कीस वर्ष थी अब कम होकर अठारह हो चुकी है | यह प्रतिनिधित्व के व्यापक विस्तार

का यथार्थवादी स्वरूप है | भारतीय लोकतंत्र का वर्तमान स्वरूप, अनुभव की परिपक्वता और यौवन के अथाह उन्माद का अद्वितीय सामाजिक और सांस्कृतिक समन्वय है | अशिक्षा और अज्ञान का सामाजिक अंधकार , अंतरराष्ट्रीय आतंकवाद का सामाजिक और राजनीतिक प्रकोप और भारतीय राजनीति में निरंतर बढ़ती अवसरवादिता एवं भीषण भौतिकवाद, भारतीय लोकतंत्र के भविष्य हेतु सबसे प्रबल अवरोधक हैं | इन बाधाओं के सफल सामाजिक उपचार से ही भारतीय लोकतंत्र के उद्देश्यों की सम्पूर्ण उपलब्धि संभव हो सकती है | सरल, समान,समरस शिक्षा व्यवस्था का जनन तथा पोषण, अंतरराष्ट्रीय आतंकवाद का सामाजिक,सांस्कृतिक और शैक्षणिक उपचार और भारतवासियों का नैतिक एवं आध्यात्मिक उत्थान ही परिस्थिति को अनुकूल बना सकता है | जन-जन में प्रचलित एवं प्रसारित योगासन, योग-साधना और योग-चिंतन इस सुकर्म में महत्वपूर्ण भूमिका निभा सकता है | भारतीय लोकतंत्र की भावी सुरक्षा हेतु यह भी आवश्यक है कि भारतीय राजनीति में योग्य,कुशल,ज्ञानी और प्रज्ञा युवक तथा युवतियों को भी सक्रिय रूप से भाग लेना चाहिए |

भारतवर्ष में वर्तमान में लोकतंत्र के स्थापित स्वरूप को 'प्रतिनिधि संसदीय गणतंत्र' का संबोधन देना उचित है | भारतीय लोकतंत्र के उद्देश्यों एवं उपलब्धियों का सार घोषित करता है कि उद्देश्यों के अधिकांश भाग की एक सीमा तक प्राप्ति हुई है | शेष की प्राप्ति एवं

समस्त के नियोजित संपोषण हेतु शिक्षा में साम्य के समावेश और देश में व्याप्त भ्रष्टाचार के उन्मूलन और वैश्विक आतंकवाद के प्रभावशाली उपचार की आवश्यकता है।

भारतीय पारिवारिक संरचना का महत्व

भारतीय पारिवारिक संरचना का यथार्थ गहन चिंतन-मनन और विस्तृत विश्लेषण का विषय है | उसका लौकिक आधार भारत की सांस्कृतिक मृदा और हिंद की पौराणिक सभ्यता में निहित है | उसके मानक एवं प्रतिमान, वैदिक स्वच्छता की सुधा, सिन्धु घाटी सभ्यता के सार-तत्त्व, उपनिषदों के गहन दर्शन, गीता के सन्देश, रामायण के आदर्शवादी यथार्थ, विशिष्ट शिलालेखों के आलेखों और कतिपय कालजयी साहित्य सर्जन के स्वरूप में समाविष्ट हैं | मानवता का सतत आदर-सम्मान, तृष्णा का त्याग, जीव-जीव से प्रेम एवं लगाव, लोक मंगल हेतु निरंतर बलिदान तथा समर्पण, संयमित चिंतन एवं संकल्पित आचार और आध्यात्मिक बोध सदैव उसके आवश्यक तत्त्व रहे हैं |

परिवार साधारणतया पति, पत्नी और बच्चों के समूह को कहते हैं, किंतु दुनिया के अधिकांश भागों में वह सम्मिलित वासवाले रक्त संबंधियों का समूह है जिसमें विवाह और दत्तक प्रथा स्वीकृत व्यक्ति भी सम्मिलित है| सभी समाजों में बच्चों का जन्म और पालन-पोषण परिवार

में होता है। बच्चों का संस्कार करने और समाज के आचार व्यवहार में उन्हें दीक्षित करने का काम मुख्य रूप से परिवार में होता है। इसके द्वारा समाज की सांस्कृतिक विरासत एक से दूसरी पीढ़ी को हस्तांतरित होती है। व्यक्ति की सामाजिक मर्यादा बहुत कुछ परिवार से ही निर्धारित होती है। नर-नारी के यौन संबंध मुख्यत: परिवार के दायरे में निबद्ध होते हैं। औद्योगिक सभ्यता से उत्पन्न जनसंकुल समाजों और नगरों को यदि छोड़ दिया जाए तो व्यक्ति का परिचय मुख्यत: उसके परिवार और कुल के आधार पर होता है। संसार के विभिन्न प्रदेशों और विभिन्न कालों में यद्यपि रचना, आकार, संबंध और कार्य की दृष्टि से परिवार के अनेक भेद हैं किंतु उसके यह उपर्युक्त कार्य सार्वदेशिक और सार्वकालिक हैं। उसमें देश, काल, परिस्थिति और प्रथा आदि के भेद से एक या अनेक पीढ़ियों का और एक या अनेक दंपतियों अथवा पति-पत्नियों के समूहों का होना संभव है, उसके सदस्य एक पारिवारिक अनुशासन व्यवस्था के अतिरिक्त पति और पत्नी, भाई और बहन, पितामह और पौत्र, चाचा और भतीजे, सास और पुत्रवधू जैसे संबंधों तथा कर्तव्यों एवं अधिकारों से परस्पर आबद्ध, अन्य सामाजिक समूहों के संदर्भ में एक घनिष्ठतम अंतरंग समूह के रूप में रहते हैं। परिवार के दायरे में स्त्री और पुरुष के बीच कार्य विभाजन भी सार्वत्रिक और सार्वकालिक है। स्त्रियों का अधिकांश समय घर में व्यतीत होता है। भोजन बनाना, बच्चों की देख-रेख और घर की सफाई करना और

कपड़ों की सिलाई आदि ऐसे काम हैं जो स्त्री के हिस्से में आते हैं। पुरुष बाहरी तथा अधिक श्रम वाले कार्य करता है, जैसे खेती, व्यापार, उद्योग, पशुचारण, शिकार और लड़ाई आदि। तब भी यह कार्यविभाजन सब समाजों में एक सा नहीं है, कोई बड़ी सामान्य सूची भी बनाना कठिन है क्योंकि कई समाजों में स्त्रियाँ भी खेती और शिकार जैसे कामों में हिस्सा लेती हैं।

मानव वैज्ञानिकों को कोई ऐसा समाज नहीं मिला जहाँ विवाह संबंध परिवार के अंदर ही होते हों, अतः पितृस्थानीय परिवार में पत्नी को और मातृस्थानीय परिवार में पति को अतिरिक्त सदस्यता प्रदान की जाती है। युगल परिवार में पति और पत्नी मिलकर अपनी पृथक् गृहस्थी स्थापित करते हैं। किंतु अधिकांश समाजों में यह परिवार वृहत्तर कौटुंबिक समूह का अंग माना जाता है और जीवन के अनेक प्रसंगों में परिवार पर वृहत्तर कौटुंबिक समूह का, घनिष्ठ संबंध के अतिरिक्त, नियंत्रण होता है। युगल परिवार में पति पत्नी और उनके अविवाहित बच्चे होते हैं। सम्मिलित परिवारों में इनके अतिरिक्त विवाहित बच्चे और उनकी संतान, विवाहित भाई अथवा बहन और उनके बच्चे साथ रह सकते हैं। सम्मिलित परिवार में रक्त संबंधियों की परिधि भिन्न-भिन्न समाजों में भिन्न- भिन्न है। भारत जैसे देश में एक सम्मिलित परिवार में साधारणतया दस-बारह सदस्य होते हैं, किंतु कुछ परिवारों में सदस्यों की संख्या पचास-साठ या सौ तक होती है।

विवाह, वंशावली, स्वामित्व और शासनाधिकार के विभिन्न रूपों के आधार पर परिवारों के विभिन्न रूप और प्रकार हो जाते हैं। मातृसत्तात्मक परिवार में पति अपनी पत्नी के घर का स्थायी या अस्थायी सदस्य बनता है, जबकि पितृसत्तात्मक परिवार में पत्नी पति के घर जाकर रहती है। मातृसत्तात्मक परिवार साधारणत: मातृवंशीय और पितृसत्तात्मक परिवार पितृवंशीय होते हैं। बहुधा परिवार की संपत्ति का स्वामित्व पितृसत्तात्मक परिवार में पुरुष को और मातृसत्तात्मक परिवार में नारी को प्राप्त है। प्राय: संपत्ति का उत्तराधिकारी ज्येष्ठ संतान होती है। किंतु यह आवश्यक नहीं है। भारत की 'गारो' जैसी जनजाति में सबसे छोटी लड़की ही पारिवारिक संपत्ति की स्वामिनी होती है। अनेक समाजों में परिवार के सभी स्त्री या पुरुष सदस्यों में स्वामित्व निहित होता है और कुछ में पुरुष तथा स्त्री दोनों को संपत्ति का उत्तराधिकार प्राप्त है। परिवार का शासन अधिकांश समाजों में पुरुषों के हाथ में होता है। अंतर बस इतना है कि पितृवंशीय परिवारों में साधारणतया पिता अथवा घर का सबसे बड़ा पुरुष और मातृवंशीय परिवारों में मामा या माता का अन्य सबसे बड़ा रक्त-संबंधी (पुरुष) घर का मुखिया होता है। अत: संसार के अधिकांश भागों में और समाजों में पुरुष की प्रधानता पायी जाती है।

संसार में दांपत्य जीवन में प्राय: एकपत्नीत्व ही सबसे अधिक प्रचलित है, यद्यपि अनेक समाजों में

पुरुषों को एक से अधिक पत्नियाँ रखने की भी छूट है। इसके विपरीत टोडा और खस जनजातियों में और तिब्बत के कुछ प्रदेशों में बहुपति प्रथा तथा एक प्रकार के यूथ विवाह की प्रथा है। इसी प्रकार भारत में खासी, गारो और अमरीका में होपी, हैडिया जैसी जनजातियाँ भी हैं जो मातृसत्तात्मक और मातृवंशीय हैं। विवाह के इन रूपों में परिवार की रचना और स्वरूप में अंतर पड़ जाता है।

आधुनिक औद्योगिक क्रांति के फलस्वरूप परिवार की रचना और कार्यों में गंभीर परिवर्तन परिलक्षित हुए हैं। पहले सभी समाजों में परिवार समाज की सबसे महत्वपूर्ण और मौलिक संस्था थी। जीवन का अधिकांश व्यापार परिवार के माध्यम से संपन्न होता था। इन औद्योगिक समाजों में परिवार अब उत्पादन की इकाई नहीं है। बच्चों के शिक्षण का कार्य शिक्षण संस्थाओं ने लिया है। रसोई का कार्य व्यावसायिक भोजनालयों तथा जलपान-गृहों में चला गया है। मनोरंजन के लिए पृथक् संगठन स्थापित हो गए हैं। सामाजिक सुरक्षा का उत्तरदायित्व राज्य के पास चला गया है और धर्म के घटते हुए प्रभाव के कारण धार्मिक कृत्यों का स्थान गौण को गया है। पति और पत्नी का अधिकांश समय घर के बाहर व्यतीत होता है। फिर भी परिवार बना हुआ है और उसके द्वारा कुछ महत्वपूर्ण कार्य संपन्न होते हैं, जिन्हें परिवार का स्थायी या अवशिष्ट कार्य कहा जाता है।

जनजातियों में, जो सामाजिक विकास क्रम में आदिम अवस्था के अधिक निकट हैं, विवाह और परिवार के प्रायः सभी प्रकार मिलते हैं। इन विभिन्न प्रकारों में विकास क्रम की दृष्टि से पूर्वापर क्रम निर्धारित करना संभव नहीं है। कंद मूल और शिकार पर बसर करनेवाले अंडमानी आदिम वासियों में एकपत्नीत्व का नियम है और वे पितृवंशीय हैं। उत्तरी अमरीका के खेतिहर होपी कबीले में एकपत्नीत्व या एकपतित्व की प्रथा है किंतु वह मातृवंशीय और मातृस्थानीय है। अधिकांश जनजातीयों में परिवार का संयुक्त रूप है, किंतु जहाँ पति पत्नी अलग घर में रहते हैं, वे भी एक वृहत्तर परिवार के अंग होते हैं और यह परिवार सम्मिलित संपत्ति, आर्थिक क्रियाओं, धार्मिक कृत्यों तथा अनेक पारिवारिक अधिकारों एवं कर्तव्यों आदि से गठित एक पृथक् इकाई होता है। वंशावली के दो प्रकारों में से कोई कबीला या तो पितृवंशीय होता है या मातृवंशीय। जो कबीले मातृवंशीय हैं वे प्रायः मातृस्थानीय भी हैं, जहाँ पति परिवार का स्थायी या अस्थायी सदस्य होता है। गारो कबीले में तो वह आगंतुक मात्र है, जो रात भर का अतिथि होता है। किंतु मातृवंशीय और मातृस्थानीय कबीले बहुत कम हैं। बहुपतित्व कबीले तो और भी कम हैं। पितृवंशीय कबीलों में ही बहुपति प्रथा पायी गयी है और इनमें नारी का दर्जा पुरुष की अपेक्षा हीन है। पितृस्थानीय कबीलों में पुरुष को एक से अधिक पत्नी रखने की प्रायः छूट है, किंतु ऐसा बहुत कम होता है कि विशिष्ट तथा शक्तिशाली लोग ही

ऐसा कर पाते हैं। ऐसी अवस्था में पत्नियाँ एक घर में भी रहती हैं और पास-पास बने अलग-अलग घरों में भी। यूथ विवाह अपने शुद्ध रूप में किसी भी कबीले में नहीं मिलता। जौनसार बाबर में भ्रातुक बहुपति प्रथा है। वहाँ सगे भाई कभी-कभी एक से अधिक पत्नियाँ रख लेते हैं और वे सब भाइयों की सामूहिक पत्नियाँ होती हैं, जो एक गृहस्थी तथा परिवार का अंग होती हैं।

मातृवंशीय और मातृस्थानीय कबीलों में भी शासक वर्ग पुरुष है, किंतु नारी के अधिकारों तथा प्रतिष्ठा की दृष्टि से पितृवंशीय और पितृस्थानीय कबीलों की अपेक्षा इनकी स्थिति प्रायः अच्छी है। अनेक पितृवंशीय कबीलों में भी नर और नारी का दर्जा लगभग समान है, तथापि अधिकांश कबीलों में पुरुष की अपेक्षा उसका दर्जा हीन है। कबीलों में विवाह-विच्छेद और पुनर्विवाह का नियम है और इस संबंध से स्त्री और पुरुष को प्रायः समान अधिकार हैं। वास्तव में अधिकांश कबीले पितृवंशीय हैं और नारी को विवाह के बाद पुरुष के परिवार, कुटुंब और बस्ती में जाना पड़ता है, जहाँ पति के माता, पिता, भाई तथा अन्य रक्त संबंधी और मित्र होते हैं। वहाँ उसे पति के कुटुबं का अंग होकर उसे बड़े लोगों के अनुशासन में रहना होता है और पति के कुलाचार का पालन करना होता है। विवाह विच्छेद की अवस्था में नारी को अपने माता-पिता को शरण लेनी पड़ती है। मातृस्थानीय कबीलों में परिवार अधिक स्थायी दिखाई पड़ता है। यह रक्त-संबंधियों का नैसर्गिक समूह मालूम

पड़ता है। बहुत कम कबीले ऐसे हैं जहाँ लड़के या लड़कियों के लिए विवाह के पहले ब्रह्मचर्य पालन का नियम हो। कुछ कबीलों में विवाह के पूर्व परीक्षण काल की व्यवस्था होती है। जौनसार बाबर के खसों में अभ्यागतों के स्वागत में परिवार की अविवाहित लड़कियों की संभोग के लिए प्रस्तुत करने की प्रथा है। इससे यह स्पष्ट हो जाता है कि परिवार का अस्तित्व नर नारी की वासना तृप्ति के लिए नहीं है, बल्कि परिवार द्वारा उसे मर्यादित किया जाता है।

भारत मुख्यतः कृषि प्रधान देश है और यहाँ की पारिवारिक रचना प्रायः कृषि की आवश्यकताओं से प्रभावित है। इसके अतिरिक्त भारतीय परिवार की मर्यादाएँ और आदर्श परंपरागत है। किसी अन्य समाज़ में गृहस्थ जीवन की इतनी पवित्रता तथा पिता, पुत्र भाई भाई और पति पत्नी के इतने स्थायी संबंधों का उदाहरण नहीं मिलता। यद्यपि विभिन्न क्षेत्रों, धर्मों और जतियों में संपत्ति का अधिकार, विवाह तथा विवाह विच्छेद आदि की प्रथा की दृष्टि से अनेक भेद पाये जाते हैं तथापि संयुक्त परिवार का आदर्श सर्वमान्य है। संयुक्त परिवार में संबंधियों का दायरा पति, पत्नी तथा उनकी अविवाहित संतानों से भी अधिक व्यापक होता है। बहुधा उसमें तीन पीढ़ियों और कभी-कभी इससे भी अधिक पीढ़ियों के व्यक्ति एक घर में एक ही अनुशासन में और एक रसोईघर से संबंध रखते हुए सम्मिलित संपत्ति का उपभोग करते हैं और परिवार के धार्मिक कृत्यों तथा संस्कारों में भाग लेते हैं। यद्यपि

मुसलमानों और ईसाइयों में संपत्ति के नियम भिन्न हैं, तथापि संयुक्त परिवार के आदर्श, परंपराएँ और प्रतिष्ठा के कारण इन सांपत्तिक अधिकारों का व्यावहारिक पक्ष परिवार के संयुक्त रूप के अनुकूल ही रहता है। संयुक्त परिवार का मूल भारत की कृषि प्रधान अर्थव्यवस्था के अतिरिक्त प्राचीन परंपराओं तथा आदर्श में है। रामायण और महाभारत की गाथाओं द्वारा यह आदर्श जन--जन तक पहुँचते हैं। कृषि ने सर्वत्र ही पारिवारिक जीवन की स्थिरता प्रदान की है। अत: भारतीय समाज में परंपरा से उत्पादन कार्य, उपभोग और सुरक्षा की बुनियादी इकाई परिवार है।

अपवादों को छोड़कर भारतीय समाज पितृवंशीय, पितृस्थानीय और पितृभक्त है। यहाँ पुरुष की अपेक्षा नारी का दर्जा हीन माना जाता है। संपत्ति पर नारी का बहुत सीमित अधिकार माना गया है। फिर भी, गृहस्थी के अनेक मामलों में उसकी महत्ता स्वीकृत है। साधारणतया एक विवाह की मान्यता है। किंतु पुरुष को एकाधिक विवाह करने का अधिकार है। परंपरागत आदर्श के अनुसार विधवा विवाह का निषेध है, किंतु विधुर विवाह कर सकता है। पतिव्रता धर्म की बहुत महिमा है। पितर पूजा का भी भारी महत्व है। उच्च जातियों को छोड़कर अन्य सभी जातियों में प्राय: विवाह विच्छेद और विधवा विवाह प्रचलित है। परंतु जब कोई जाति अपनी मर्यादा को ऊँचा करना चाहती है तो इन दोनों प्रथाओं का निषेध कर देती है। घर का सबसे

अधिक वयोवृद्ध पुरुष, यदि वह कार्य निवृत्त न हो गया हो तो संयुक्त परिवार का कर्ता अथवा मुखिया होता है। कहीं-कहीं उसे मालिक (स्वामी) भी कहते हैं। यह कर्ता अन्य वयोवृद्ध या वयस्क सदस्यों की सलाह से या उसके बिना ही परंपरा के आधार पर परिवार में कार्य विभाजन, उत्पादन, उपभोग आदि की व्यवस्था करता है और परिवार तथा उसके सदस्यों से संबंधित सामाजिक महत्व के प्रश्नों का निर्णय करता है। घर की सबसे वयोवृद्ध नारी परिवार के महिला वर्ग की मुखिया होती है और जो कार्य महिलाओं के सुपुर्द है उनकी देखरेख तथा व्यवस्था करती है। भोजन तैयार करना बच्चों का पालन पोषण करना तथा कताई आदि महिलाओं के मुख्य काम हैं। यों वे खेती के या व्यवसाय के कुछ मामूली कार्यों में भी हाथ बँटाती हैं। संयुक्त परिवार में चाचा, ताऊ की विवाहित संतान और उसके विवाहित पुत्र, पौत्र आदि भी हो सकते हैं। साधारणतया पिता के जीवन में उसके पुत्र परिवार से अलग होकर स्वतंत्र गृहस्थी नहीं बसाते, किंतु यह अभेद्य परंपरा नहीं है। ऐसा समय आता है जब रक्त संबंधों की निकटता के आधार पर एक संयुक्त परिवार दो या अनेक संयुक्त अथवा असंयुक्त परिवारों में विभक्त हो जाता है। असंयुक्त परिवार भी कालक्रम में संयुक्त रूप ले लेता है और संयुक्त परिवार का क्रम बना रहता है।

संयुक्त परिवार प्रणाली यद्यपि बहुत प्राचीन है, तथापि इसके आंतरिक स्वरूप में बहिर्विवाह, उत्तराधिकार तथा सांपत्तिक अधिकार के नियमों में,

कालक्रम में परिवर्तन होता रहा है। औद्योगिक क्रांति ने पाश्चात्य देशों में परंपरागत संयुक्त परिवार भंग कर दिया है जिसका कारण बढ़ते हुए यंत्रीकरण के फलस्वरूप व्यक्ति को परिवार से बाहर मिली आजीविका सुरक्षा और उन्नति की सुविधाओं को बताया जाता है। भारत में भी औद्योगिक क्रांति के फलस्वरूप नई अर्थव्यवस्था और नये औद्योगिक तथा आर्थिक संगठनों का आरंभ हो चुका है। यातायात तथा संचार के नवीन साधन उपलब्ध हो रहे हैं और नगरीकरण तीव्रता से हो रहा है। पाश्चात्य विचारधारा और पाश्चात्य ढंग की शिक्षा दीक्षा तथा आदर्शों का प्रभाव भी कम नहीं है। विशेषकर स्वाधीनता के बाद विवाह, उत्तराधिकार, दत्तक ग्रहण और सांपत्तिक अधिकार के संबंध में जो कानून लागू किए गए हैं उन्हें परिवार की संयुक्त प्रणाली के लिए हानिकारक समझा जाता है। इसी प्रकार आयकर के नियम भी इसके प्रतिकूल पड़ते हैं। वयस्क मताधिकार राजनीतिक लोकतंत्र भी संयुक्त परिवार के एकसत्तात्मक तथा व्यष्टिवादी अस्तित्व पर प्रहार कर रहे हैं। ऐसी अवस्था में जब अर्थव्यवस्था और उत्पादन के साधनों में भी बुनियादी परिवर्तन हो रहा है, परिवार के शासन, रचना और कार्यों में हेरफेर होना अवश्यंभावी है और वह परिलक्षित भी हो रहा है। किंतु अभी यह कहना कठिन है कि परिवार का संयुक्त रूप समाप्त हो रह है। नगरों और ग्रामों में संयुक्त परिवार पहले से कम हो गए हैं, इसका कोई प्रमाण नहीं है। परिवर्तन के संबंध में विद्वानों में मुख्यत: दो प्रकार का

विचार है। एक विचार के अनुसार परिस्थिति के प्रभाव स्वरूप परिवार में कतिपय परिवर्तन होने पर भी उसका संयुक्त रूप नष्ट नहीं हो रहा है। दूसरे विचार के अनुसार औद्योगिक सभ्यता भारत में भी संयुक्त परिवार को बहुत कुछ उसी युगल परिवार के रूप में उपस्थित करेगी जो अमरीका तथा यूरोप में प्रादुर्भूत हुआ है। वर्तमान पारिवारिक विघटन एवं परिवर्तनों को इस उपक्रम की आरंभिक अवस्था बताया जाता है।

भारत के मालावार प्रदेश में नायर और तिया जाति में मातृ स्थानीय तथा मातृवंशी परिवार हाल तक रहा है। ऐसे परिवारों में पति अपने बच्चों के घर में एक अस्थायी आगंतुक होता है। उसके बच्चों की देखभाल उसका मामा करता है और उसके बच्चे अपनी माँ के परिवार का नाम ग्रहण करते हैं। परिवार का रूप संयुक्त है, जिसमें माँ की और उसकी पुत्री अथवा पौत्रियों की संतान होती है। इन परिवारों में घर का मुखिया मातृपक्षीय पुरुष होता है। असम राज्य के गारो और खासी जनजातियों में भी मातृवंशीय और मातृस्थानीय परिवार की प्रथा है। उत्तर प्रदेश के जौनसार बाबर में खस नाम की जनजाति में और आस-पास के कुछ क्षेत्रों में बहुपति प्रथा है। परिवार में सब भाइयों की एक पत्नी और कभी-कभी एकाधिक सामूहिक पत्नियाँ होती हैं। नीलगिरि की टोडा जनजाति में भी बहुपति प्रथा है, किंतु यहाँ एक स्त्री के पतियों में भाइयों के अतिरिक्त अन्य व्यक्ति भी हो

सकते हैं। गैर जनजातीय समाज में कहीं भी बहुपति प्रथा नहीं मिलती है।

भारतीय जीवन-दर्शन में परिवार की परिभाषा अनुपम एवं विशिष्ट वैश्विक संदेश से युक्त है | उसका अस्तित्व '**वसुधैव कुटुम्बकम**' के सनातन मूल संस्कार एवं पौराणिक विचारधारा में विद्यमान है |इसके अनुसार '**धरती ही परिवार है |**'

महोपनिषद के चौथे अध्याय का निम्न श्लोक (श्लोक संख्या ७१) इस सन्दर्भ में विशेष अवलोकनीय है:

"अयं निजः परो वेति गणना लघुचेतसाम |

उदारचरितानां तु वसुधैव कुटुम्बकम||"

इस श्लोक का अर्थ यह है कि **"यह अपना बंधु है और यह अपना बंधु नहीं है, इस तरह की गणना छोटे चित्त वाले लोग करते हैं | उदार हृदय वाले लोगों के लिए तो सम्पूर्ण धरती ही परिवार है |"**

उक्त श्लोक की सनातन भावना से ही भारतीय परिवार की संरचना का विस्तृत आयाम परिभाषित तथा परिकल्पित है| परस्पर उदारता का भाव उसका आवश्यक अंग है | यह उदारता तभी संभव है जब परिवार के सभी सदस्यों में मानसिक संकीर्णता विनष्ट हो और व्यक्तिगत लाभ की ओर आकर्षण शून्य अथवा नगण्य हो|

इसी उदारता से पारिवारिक संरचना सृजित होती है | समय के साथ किसी विशिष्ट सदन की सीमाओं अथवा किसी विशिष्ट परिवेश के बंधनों और सीमाओं से संबद्ध होने के उपरान्त भी, उसकी भावना में विश्व-बंधुत्व का सार निरंतर प्रवाहित होता रहता है |समय के प्रवाह ने उसके भौतिक स्वरूप को परिवर्तित अवश्य किया है पर भारतीय पारिवारिक संरचना का मौलिक-सार उसके इसी वैश्विक चिंतन पर आधारित है| विदेशियों के आक्रमण ने एवं विदेशी शासकों की संकीर्ण मनोवृत्तियों ने उसकी संरचना को विदीर्ण करने का बहुत प्रयास किया किन्तु उसके मौलिक-सार पर मात्र आंशिक प्रभाव ही पड़ पाया |सामाजिक स्वतंत्रता और लौकिक स्वच्छंदता पर तनिक अंकुश अवश्य लगा पर मूल स्वरूप लगभग अप्रभावित रहा | इतना अवश्य हुआ कि समग्र विश्व के विस्तार से कम होकर संपत्ति और व्यक्तिगत लाभों का बोध प्रबल होता गया| आधुनिक युग में तो वह अवांछित प्रभाव अपने चरम पर है |

भारतीय पारिवारिक तंत्र को दो प्रमुख वर्ग प्रकारों में विभाजित किया जा सकता है नामतः 'पितृसत्ता परिवार' और 'मातृसत्ता परिवार'| दोनों में मूल भेद यह है कि एक में परिवार के मुखिया का दायित्व परिवार का कोई वरिष्ठतम योग्य पुरुष उठाता है तो दूसरे में वह दायित्व परिवार की कोई वरिष्ठतम योग्य महिला उठाती है| इसके अतिरिक्त एक तृतीय परिवार तंत्र भी कुछ विशिष्ट जनजातियों में प्रचलन में है जिनमें संयुक्त

सत्ता का प्रभाव है | किन्तु तंत्र कैसा भी हो, पारिवारिक संरचना सम्बंधित परिवार के पारंपरिक 'परिवार-वृक्ष' से आच्छादित होती है | उसमें पारंपरिक विवरण समस्त कुल का इतिहास वर्णित एवं उल्लिखित होता है | सम्राट हर्षवर्धन के काल तक वैसे विवरण का निरंतर विशेष अनुरक्षण होता था | मेगास्थनीस के 'इंडिका', आचार्य कौटिल्य के अर्थशास्त्र, बाण भट्ट की कादंबरी और सूद्रक के मृच्छकतिकम में भी इस तथ्य का विशेष संकेत है| समाज अनेक पारिवारिक इकाइयों की विशिष्ट परम्पराओं से संचालित और संपादित होता था | सभी परिवारों के अन्दर और बाहर परस्पर सौहार्द की भावना प्रवाहित रहती थी | किसी भी परिवार की संरचना के मुख्य अंश होते थे कतिपय विशिष्ट भाव एवं सम्बन्ध | उनमें परिवार के मुखिया के प्रति सभी सदस्यों का विश्वास, माँ-बच्चों का परस्पर प्रेम,भाई-भाई में प्यार, भाई-बहन में लगाव, बहनों में लगाव, बड़े-बूढों की उचित देखभाल इत्यादि का प्रमुख स्थान था |सम्राट अशोक के अनेक शिलालेखों में भी पारिवारिक संरचना के इन सभी आधारों एवं तत्त्वों का विशिष्ट उल्लेख है |कलिंग युद्ध के भीषण नरसंहार से आहत होकर तो सम्राट अशोक का हृदय ऐसा परिवर्तित हुआ कि उन्होंने विश्व समुदाय को अपना परिवार मानते हुए अनेक लोक कल्याणकारी कार्यों को संपादित किया उदाहरणतः मार्गों के किनारे छायादार पेड़ लगवाना, कूप बनवाना, विश्राम-घर बनवाना, अस्पताल बनवाना इत्यादि |उनका वह लौकिक

आचरण बौद्ध-दर्शन और उपनिषदों के आधार से प्रभावित था।

भारतीय पारिवारिक संरचना के विशिष्ट संकेतक हैं उसके विभिन्न पर्व एवं उत्सव हैं। उदाहरण के लिए 'रक्षाबंधन पर्व' का ध्यान किया जा सकता है जिसके अंतर्गत भाई और बहन के अनुपम अटूट बंधन को परिभाषित और रेखांकित किया जाता है। परिवार की बहनें उस दिवस अपने भाई की कलाई पर रक्षा धागा बाँधती है और भाई उसकी सतत रक्षा करने का संकल्प लेता है। कुछ परिवारों में गुरु और शिष्य के मध्य भी इसी दायित्व का निर्वाह होता है। प्राचीन भारत में प्रत्येक भारतीय परिवार का एक विशेष कुल-गुरु होता था जो सभी पारिवारिक क्रियाओं और प्रक्रियाओं पर विशेष नियंत्रण रखता था। उसका निर्णय सदैव परिवार के मुखिया के लौकिक भावों और कर्मों को प्रभावित करता था। किन्तु वर्तमान आधुनिक युग में वह प्रचलन लुप्त होने के कगार तक पहुँच चुका है। इसी प्रकार भारतीय रंग-पर्व होली, बुराई रूपी होलिका के दहन और भाँति-भाँति के रंगों के आदान-प्रदान से पारिवारिक सौहार्द और सामाजिक आनंद का प्रतिनिधित्व करता है। सभी पारिवारिक सदस्य अपने समस्त वैमनस्य और द्वेष को भूलकर आपस में मिलते-जुलते हुए आनंदित होते हैं। इसी प्रकार विजयादशमी यानी दशहरा पर्व भगवान श्री राम की रावण पर विजय का हर्ष मनाते हुए, देवी के नौ रूप की उपासना को केंद्रित करता है और परिवार को

दस दोषों के मुक्ति का मार्ग सुझाता है| मानवता का उत्कर्ष और दानवता का विनाश विजयादशमी का सार है| पूरा परिवार इस पर्व को एकीकृत होकर मनाते हुए पारिवारिक शक्ति का आभास करता है| दीपावली पर्व में घोर तिमिर से संघर्ष करते मिट्टी के प्रज्वलित दीये भी उसी पारिवारिक संदेश और उत्कर्ष का मार्ग सुझाते हैं| इसी प्रकार कृष्ण जन्माष्टमी पर भगवान श्रीकृष्ण के जन्म के बोध से सभी भारतीय परिवारों की माताएँ स्वयं को माता कौशल्या और माता देवकी का रूप मानकर उन पर अपना स्नेह बरसाती हैं| प्रत्येक महाशिवरात्रि पर भारतीय परिवार भगवान शंकर के अथाह पर्यावरण-प्रेम का आभास करते हैं और उनके विषपान का ध्यान करते हुए लौकिक अवसादों को सहने की क्षमता विकसित करते हैं | इसी प्रकार सभी सावन मेले पूरे परिवार को वर्षा के महत्व का जैविक-बोध कराते हैं| भारत में पौराणिक काल से मनाया जा रहा वसंतोत्सव, पारिवारिक सृजनशीलता के उन्नयन और जैविक सुबोध का सबल गाध्यम है| ये सभी पारंपरिक और धार्मिक पर्व भारतीय पारिवारिक संरचना के प्रबल लौकिक संवाहक हैं |

'वसुधैव कुटुम्बकम' की मूल भावना के अनुरूप भारतीय परिवार की प्रथम ऐतिहासिक संरचना संयुक्त परिवार की ही थी| चाचा-चाची, दादा-दादी, भाई-बहन, भाई-भाई, ताऊ-ताई, परदादा-परदादी इत्यादि उसके साक्षात् स्वरूप होते थे| परस्पर सहयोग एवं सद्भावना का सदैव प्रभुत्व रहता था | 'मातृसत्ता परिवार' में नाना-नानी,

मामा-मामी इत्यादि की भी अहम भूमिका हो जाती थी। संयुक्त परिवार वास्तव में सबल संगठित शक्ति का स्वरूप था। भारत में अंग्रेजों की सत्ता स्थापित होने से पूर्व तक इस भारतीय पारिवारिक संरचना का समाज में वर्चस्व था। किन्तु भारत के पराधीन आधुनिक काल ने इस स्वरूप को विघटित और दूषित कर दिया। भारत में व्यावसायिकता और त्वरित लोभ-लाभ की लौकिक तरंगों ने अनेक संयुक्त परिवारों को तोड़ दिया। रोजगारों की मारा-मारी और आधुनिक जीवन शैली की आपा-धापी ने इसमें विशेष योगदान दिया। वर्तमान भारतीय परिवेश में संयुक्त परिवार एक ऐसा अति दुर्लभ यथार्थ बन कर रह गया है जो उसके अनेक दूर-दराज ग्रामों में या तो क्रंदन कर रहा है या अपनी अंतिम श्वास ले रहा है। इस प्रकार भारतीय पारिवारिक संरचना का वह संगठित, सहयोगी, बलिदानी एवं लोक मंगलकारी स्वरूप अब मुख्यतः किस्से और कहानी का आकार ग्रहण कर चुका है।

भारतीय पारिवारिक संरचना के लगभग सभी प्रतिमानों और मूल तत्त्वों का दर्शन और आभास कतिपय विशिष्ट साहित्यिक कृतियों में किया जा सकता है।ऐसी कृतियों में गोस्वामी तुलसीदास रचित कालजयी महाकाव्य 'राम चरित मानस' का स्थान सर्वोच्च है। यह महाकाव्य भारतीय परिवार के सभी प्रतिमानों को प्रस्तुत करता है। भगवान राम जैसा आज्ञाकारी वीर- धीर-गंभीर कर्मठ बेटा, कौशल्या जैसी आदर्श माता, लक्ष्मण और

भारत जैसे समर्पित, बलिदानी एवं निष्ठावान अनुज, ऋषि वशिष्ठ जैसे आदर्श कुल-गुरु, भारत का अयोध्या के सिंहासन पर अपने बदले बड़े भाई राम की खड़ाऊँ को रखकर उनकी चौदह वर्ष तक प्रतीक्षा करना इत्यादि ऐसे विशिष्ट पारिवारिक तत्त्व हैं जो भारतीय पारिवारिक संरचना की नींव को परिभाषित और रेखांकित करते हैं| प्रत्येक वर्ष आयोजित एवं प्रदर्शित राम लीलाओं में इन सभी तत्त्वों का विशिष्ट सुबोध होता है| राम-भरत मिलाप में सभी भारतीय उसका लौकिक दर्शन करते हैं| विश्व प्रसिद्ध भारद्वाज आश्रम और शृंगवेरपुर की पौराणिक झलकियों और झाँकियों के दर्शन में भी इनका बोध होता है| राम-केवट प्रसंग और राम- शबरी प्रसंग का अवलोकन, रामराज के दर्शन में निहित सार्वभौमिक उत्थान के तत्त्व को दर्शाता है |

अनेक आधुनिक सामाजिक और वैधानिक परिवर्तनों के बावजूद कुछ विशिष्ट विसंगतियाँ भारतीय पारिवारिक संरचना में अभी भी विद्यमान हैं | अधिकांश परिवारों के वंश-वृक्ष में विवाहित बेटियों के पति और बच्चों का कोई स्थान नहीं होता है| परिवार की बेटियाँ आज भी पराया-धन मानी जाती हैं और पारंपरिक तौर पर उनके विवाह हेतु माता-पिता को वर-पक्ष के परिवार को दहेज़ देना पड़ता है | दहेज़ प्रथा अवैध घोषित हो चुकी है और दहेज़ देना और लेना दंडनीय अपराध है पर फिर भी

वह प्रचलन गुपचुप विधि से जारी है | 'बेटी पढ़ाओ बेटी बचाओ' जैसे अनेक अभियानों के बावजूद आज भी असंख्य भारतीय ग्रामों में बेटियों को बेटों से निम्न और हीन माना जाता है और उनका कुपोषण करके उन्हें अशिक्षित रखा जाता है | यह आचार उस भारतीय वैदिक परम्परा के विपरीत है जिसमें नारी को देवी और शक्ति का स्वरूप मानकर पूजा जाता था| अनेक महानगरों और नगरों में भी यह विसंगति विद्यमान है |

भारतीय पारिवारिक संरचना में विवाह का बहुत महत्व है। हिंदू परंपरा के अंतर्गत 'विवाह' को एक ऐसा पावन संबंध माना जाता है जिसका परम लक्ष्य परिवार का विस्तार और संतान की उत्पत्ति है। इसके विपरीत मुस्लिम कानून के अनुसार विवाह को एक विशिष्ट संविदा का स्वरूप माना गया है। इसी प्रकार वर्तमान भारतीय परिवेश में विद्यमान अनेक अन्य धर्मों में भिन्न प्रावधान हैं। ऐसी विषम परिस्थिति में भारत के लिए 'एक **यूनिफॉर्म सिविल कोड**' की माँग वृद्ध होती जा रही है ताकि सभी धर्मों के लिए तर्कसंगत रूप से वैवाहिक बंधन का पारिवारिक जनन एवं निर्वाह सुगम हो सके।

भारतीय पारिवारिक संरचना के लिए सबसे बड़ी सामाजिक चुनौती समाज में त्वरित होते महिला-पुरुष और युवक-युवती के लिव-इन सम्बन्ध से है | इस नये सामाजिक सम्बन्ध के अंतर्गत अनेक महिला-पुरुष अथवा युवक-युवती युगल बिना विवाह के साथ-साथ अनेक वर्षों

तक सहवास करते हैं| इस नये सामाजिक स्वरूप ने भारतीय पारिवारिक संरचना में विद्यमान वैवाहिक बंधन के समक्ष अनेक चुनौतियां प्रस्तुत कर दी हैं| अनेक भारतीय परिवार इसके कारण टूटने भी लगे हैं |

भारतीय पारिवारिक संरचना में बदलाव होता रहेगा पर उसके सार तत्त्व किसी न किसी रूप में निरंतर विद्यमान रहेंगे। उन सार तत्वों में परस्पर सौहार्द का सद्भाव और सत्कर्म, लोक मंगल की कामना, आत्मबोध का आचार, प्रज्ञा और ज्ञान का प्रसार और भावों के विस्तार का हमेशा विशिष्ट स्थान रहेगा |

भारत माँ और हम देशवासी

भारत माँ ! समग्र भारतवर्ष के ममतामयी परिवेश का अनन्य अवदान | कश्मीर से कन्याकुमारी तक आच्छादित और अंडमान निकोबार के अनुपम द्वीपों तक विस्तारित उसका विशाल अंक सभी पर्यटकों को सदैव विस्मित एवं सम्मोहित करता है | विभिन्न संस्कृतियों एवं भिन्न सभ्यताओं से सुशोभित एवं सम्मानित यह परिवेश, अपने सुधी वासियों के लिए सदैव वंदन एवं अभिनंदन का पुनीत प्रतीक रहा है | भारतवासियों के मानस से इस जननी का अविच्छिन्न जुड़ाव एवं लगाव है जिससे हिंद के देशवासी गहन गर्व तथा समर्पित कर्तव्य बोध का आभास करते हैं | इस अनूठे सम्बन्ध में सामाजिक, सांस्कृतिक, आध्यात्मिक, नैतिक, भौतिक, भौगोलिक, साहित्यिक एवं ऐतिहासिक तत्वों का संपोषित समावेश है |

माँ की अथाह भौतिक संपदाएँ, उसकी अनमोल जैविक विविधता एवं विस्मयकारी प्राकृतिक सुषमा में पोषित हैं | इनका संयोग, सपर्पित योग एवं भौतिक सुयोग का नैसर्गिक जनक है| कहीं सदाबहार वनों की अनमोल निधि है तो कहीं पर्णपाती-अरण्य का दुर्लभ स्वरूप है|

कहीं सिंह एवं सिंहनाद है तो कहीं दलदली हरिण की शोभा है| कुछ स्थलों पर शंकुधारी वृक्षों के स्वरूप हैं तो कहीं पर साखू और खैर के अभूतपूर्व वृक्ष हैं| पावन गंगा का पुनीत प्रवाह, ब्रह्मपुत्र की अनूठी उथल-पुथल , सिंधु नदी की पारंपरिक धारा, नर्मदा नदी की निर्मल तरंग, कावेरी एवं कृष्णा का अलौकिक स्वरूप और तुंगभद्र का दिव्य संगीत, सदियों से संचित और प्रवाहित है| भारत माँ इन सभी भौतिक विशेषताओं को समेटे अपने बच्चों को प्रोत्साहित और प्रेरित करती आयी है| अनेक वाह्य आक्रमणों एवं आक्रमणकारियों के निर्मम प्रहारों के बावजूद उसकी यह भौतिक एवं भौगोलिक मौलिकता विनष्ट नहीं हुई| अनेक विदेशी समूह आते गये और माँ के वरदानी तथा कल्याणकारी शरण को अपनाते गये |सम्राट भरत द्वारा भारत की मौलिक परम्पराओं को अर्पित मान एवं ऐतिहासिक उन्नयन से प्रदत्त संयम, सौहार्द, संतोष, समर्पण, सुषमा, दर्शन, योग, मानवता तथा प्रेम एवं अहिंसा के तत्वों से वह सभी को संयमशील कर्तव्य परायण बनने की शिक्षा और आशीष देती है| अनेक धर्मों के भावों को समेटे भारत माँ, मानवीय मूल्यों को सर्वोपरि मानते हुए, 'वसुदैव कुटुम्बकम' का सन्देश प्रसारित करती है | उसका परिवेश सबको सुहाता है क्योंकि भारत माँ का दैवी अंक सदियों की गौरव गाथा है जिसमें अद्‌भुत शैलों , पावन नदियों , वैदिक दर्शन और बहु भाषाओं की बूटी है | ऋषि-मुनियों , मनीषियों , पीरों-फकीरों , मौलवियों , पादरियों , बौद्ध-भिक्षुकों , जैन

मुनियों और पारसियों की विभूतियों से विभूषित माँ की वरदानी गोद , निरंतर प्रेम, अहिंसा और मानवता का मुक्त संचार करती है | गंगा की पावन तरंगों से विभूषित इसके अलौकिक अंक में अतिथियों के लिए गहन आदर और प्रेम , निवासियों के लिए निर्मल योग और निर्लिप्त अध्यात्म तथा समर्पित साधकों हेतु परमानंद एवं मोक्ष का दिव्य मार्ग हैं | सज्जनता को प्रोत्साहित करता इसका ज्ञानप्रदायक पर्यावरण, मानव ज्ञान एवं प्रज्ञा को सतत बल प्रदान करता है तथा बुराई के ऊपर भलाई और झूठ पर सच्चाई की विजय का प्रबल संकेतक है | इसके अनेक पारंपरिक , प्रासंगिक और ऐतिहासिक संकेतक विद्यमान हैं | रामचरित का देश-विदेश में गायन , गीता का सार्वभौमिक दर्शन , कृष्ण लीला का मोहक एवं सम्मोहक दर्शन, गौतम बुद्ध के कालजयी उपदेश , नानक और कबीर का अनमोल दर्शन , महावीर के दिव्य सन्देश, महात्मा गाँधी के सत्य के साथ अनुपम प्रयोग, स्वामी विवेकानंद के अविस्मरणीय प्रवचन उसके कुछ प्रमुख उदाहरण हैं | इसकी वायु में श्रवण कुमार जैसे माता-पिता भक्त, राम जैसे आज्ञाकारी पुत्र, सुदामा-कृष्ण जैसे मित्रों की अनूठी मित्रता, सरदार भगत सिंह जैसे शहीद, एकलव्य जैसे गुरु-भक्त, कौटिल्य जैसे दार्शनिक राजनीतिज्ञ और राजा राममोहन रॉय जैसे समाज सुधारक के सत्कर्मों की पावन स्मृति है| सभी सुधी भारतवासियों के मन में हमेशा इन सभी तत्त्वों तथा भावनाओं के प्रति अथाह मोह तथा प्रेमादर समाहित रहता है | हिमालय के

उन्नत शृंगों से लेकर विन्ध्य की तलहटियों एवं पूर्वी-पश्चिमी पठारों तथा कोंकण पहाड़ियों तक इसके अनेक समर्पित संतानों ने इसे सुशोभित और सम्मानित किया है। भगवान् बुद्ध का अष्टम मार्ग, सम्राट अशोक का धम्म, हर्षवर्धन की मानवीय दानवीरता, अकबर की धर्म-निरपेक्षता, वीर शिवाजी तथा महाराणा प्रताप का दिव्य पराक्रम और पंडित जवाहरलाल नेहरु के आशावादी स्वप्न, इसी की मनोरम, शोधक एवं प्रेरक छाया में पुष्पित तथा पल्लवित हुए हैं।

भारत माँ के समर्पित संतानों में उसके परिवेश के अनुरूप ही संस्कार एवं भावनाएँ विकसित हैं। ऐसे में हम सब देशवासियों का यह परम कर्तव्य है कि हम सब भारत की समर्पित संतान होने का दायित्व निभाएँ। इसके लिए हम सबको सबसे पहले, अपने हृदयों के मध्य विद्यमा'मैं' की भावना का रूप परिवर्तित करते हुए उसे 'हम' और 'हम सब' का स्वरूप प्रदान करना होगा। इस नवीन सोच को मन से अपनाते हुए, हम सबको सजग रहते हुए कुछ आवश्यक सुधार तथा संशोधन लाने होंगे। हम सबको अपनी सुविधाओं से अधिक अपने कर्तव्यों को वरीयता देनी होगी। ऐसा करने के लिए हम सब भारत के उन वीर सपूतों के बलिदानों और समर्पित त्यागों से प्रेरणा लेनी होगी जिन्होंने देश के स्वतंत्रता अभियान में अपने प्राण गँवाए थे। सरदार भगत सिंह , चन्द्रशेखर आज़ाद , लाला लाजपत राय , रानी लक्ष्मी बाई , पंडित राम प्रसाद बिस्मिल इत्यादि जैसे अनेक उदाहरण हम

सब के सम्मुख हैं| वस्तुतः हम सब भारतवासियों को भारत माँ के भौतिक सम्मोहन के साथ उसके गौरवशाली एवं गरिमामय अतीत से भिज्ञ होना पड़ेगा | देश के विद्वानों, शिक्षकों, समाज सुधारकों एवं साहित्यकारों को इस महत्वपूर्ण कार्य में सकारात्मक भूमिका निभानी होगी| सर्वप्रथम देश के राष्ट्रीय प्रतीकों से प्रारम्भ करना होगा | राष्ट्रीय ध्वज तिरंगे के तीनों रंगों के सार को समझना होगा | हरित की धनधान्यता मिश्रित संपन्नता , श्वेत की सच्चाई युग्मित स्वच्छता और केसरिया के बलिदानी तेज को विधिवत आत्मसात करना होगा | अशोक चक्र के महिमामय सन्देश को भी मन से अपनाना होगा | माँ की सुषमा आधुनिकता की लहर में प्रवाहित और प्रसारित प्रगति और विकास में प्रदूषित होती जा रही है | इसके निवारण हेतु हम सब को सम्मिलित रूप से पर्यावरण प्रदूषण को समाप्त करने हेतु कदम उठाने होंगे| वायु , जल , मृदा को प्रदूषण से बचाना होगा | इसकी सबसे सरल विधि है देश के वनों का प्रभावी संरक्षण और सुरक्षा तथा देश में अधिक से अधिक पौधों का रोपण | वनों की सीमाओं पर ग्राम वनों की स्थापना और संयुक्त वन प्रबंध का प्रभावशाली नियंत्रण एवं प्रत्येक गाँव के कगार पर एक नए वन की स्थापना इसका सर्वोत्तम मार्ग है | हम सबको अपने देश की जल-संपदा, वायु और मृदा को प्रदूषण के प्रकोप से बचाना है | इसके लिए सबसे आवश्यक यह है कि हम सब प्लास्टिक, पॉलिथीन और रासायनिक खादों का प्रयोग समाप्त करें |

हम सबको मिलकर वैचारिक प्रदूषण को भी विनष्ट करना है| इसमें शिक्षकों, अभिभावकों, माता-पिता और साहित्यकारों को विशेष भूमिका निभानी होगी| यह मात्र सद्भावों एवं सत्कर्मों के व्यापक तथा प्रभावशाली प्रसार से ही संभव है| देश की जैविक विविधता का संरक्षण भी नितांत आवश्यक है जो मात्र जीवन में सहजता और सरलता के समावेश से ही संभव है | अतः आधुनिकता की चकाचौंध में डूबे लोगों को आडंबर त्यागकर, सरल एवं सहज जीवन पद्धति अपनानी होगी| अशुद्ध विचारों एवं दूषित मनोभावों से ही अपराध तथा आतंकवाद जैसे अवांछित तत्त्व उभरते हैं | अतः शुद्ध विचारों से भारत के परिवेश को इन सब प्रकोपों से मुक्ति मिलेगी | इसमें देश के साहित्यकार अपना बहुमूल्य योगदान दे सकते हैं| आशावादी दृष्टिकोण और सुधारात्मक रुझान से सृजित सार्थक साहित्य का सृजन और उसकी उचित स्थलों पर उचित प्रस्तुति और सामयिक प्रकाशन अच्छे परिणाम उत्पन्न करेगा | प्रेम , अहिंसा , परोपकार , परस्पर-सौहार्द , कर्तव्यपरायणता जैसे अमूल्य मनोभावों पर प्रभावशाली रचनाएँ इस दिशा में उपयोगी सिद्ध होंगी| एक प्रकार से सूर, तुलसी, कबीर, नानक, रहीम, रसखान, दिनकर, पन्त, जयशंकर प्रसाद, प्रेमचंद, निराला, महादेवी वर्मा , आर.के. नारायण, मुल्क राज आनंद, यशपाल, अमृतलाल नागर, बंकिम चन्द्र, विमल मित्र, शरत चन्द्र, मैथली शरण गुप्त , पंडित नरेन्द्र शर्मा, मिर्ज़ा ग़ालिब, इकबाल, मीर, कवि प्रदीप, महाश्वेता देवी, अमृता प्रीतम,

शिवानी, साहिर लुधिआनवी, कैफ़ी आजमी, शहरियार और शैलेन्द्र के भावों को पुनर्जीवित करना होगा | साहित्य सृजन को व्यावसायिक पाशों से दूर करने की आवश्यकता है |

हम सब भारतवासियों का यह भी विशिष्ट दायित्व है की हम सब अपनी मातृभूमि के परिवेश को समझने और सुधारने के साथ-साथ उसके अतीत के गौरव, उसके संविधान और उसके कानून की भी पर्याप्त जानकारी प्राप्त करें| राष्ट्र गान (जन-गन-मन) एवं राष्ट्रीय गीत(वन्दे मातरम) सभी भारतवासी को मात्र कंठस्थ ही नहीं अपितु आत्मसात होना चाहिए |वर्तमान की पर्यावरणी आवश्यकता के अनुरूप हम सब को अपने परिवेश की विशेषता, वन-वृक्ष प्रकारों , आर्द्र-भूमियों , पारंपरिक स्थलों और जीव प्रकारों की भी जानकारी होनी चाहिए| इसके अतिरिक्त हम सभी को देश की बढ़ती हुई जनसंख्या के प्रति सजग रहते हुए उसकी वृद्धि पर नियंत्रण हेतु भरसक भूमिका निभानी चाहिए| इसके हेतु हम सब अपने संसाधनों से विभिन्न स्थलों पर लघु ज्ञान शिविर भी आयोजित कर सकते हैं| हम सभी को निष्ठा तथा सच्चाई अपनाते हुए देश में पनपते काले-धन, भ्रष्टाचार और अवैध धंधों को भी विनष्ट करना होगा | उदाहरण स्वरूप अवैध खनन और अवैध विदोहन पर गहन चिंतन किया जाना चाहिए| दोनों की समाप्ति हेतु समर्पित सम्मिलित अभियान की आवश्यकता है| ऐसे अभियानों का संपादन प्रत्येक ग्राम में एवं नगरों के प्रत्येक

मोहल्ले में संपादित होना चाहिए | भारत माँ के अंक में निहित जैवविविधता के समुचित संरक्षण हेतु, हम सब देशवासियों को इनमें सक्रिय भागीदारी सुनिश्चित करनी चाहिए |

देशवासियों के अपने देश के प्रति कतिपय अन्य विशिष्ट दायित्व भी हैं | हम सब को अपनी राष्ट्रभाषा का सम्मान करते हुए उसे मन से प्रयोग करना चाहिए तथा पूरे विश्व में उसे प्रसारित और प्रचारित करना चाहिए| इसके अलावा हमें अपनी एवं अपने मित्रों की प्रतिभाओं को निखारने का भरसक प्रयास करना चाहिए| देश की आंतरिक सुरक्षा के साथ ही देश के सीमा की सुरक्षा भी आवश्यक है| यह तभी संभव होगा जब देश की रक्षा को समर्पित भारतीय सेना के तीनों घटकों (थल , जल , वायु)के सदस्य, कर्मचारी और अधिकारी देश की रक्षा और सुरक्षा में सतत योगदान दें | अतः हम सब को ऐसे योगदान हेतु स्वयं प्रेरित होते हुए अपने बच्चों को भी प्रेरित करना होगा| हम सब का यह दायित्व भी है कि हम सब कृषि में जैविक खादों के प्रयोग को प्रोत्साहित करें और अन्न एवं पौधों में देशज प्रजातियों को अपनाएँ| देश में शिक्षा ग्रहण करने के उपरान्त विदेशों में नौकरी करने की प्रवृत्ति को भी त्यागना होगा| भूमंडल के जैविक महत्व की जानकारी तथा देश के पुरातत्व एवं ऐतिहासिक विशेषताओं का ज्ञान प्राप्त करना भी आवश्यक है| यह पर्यटन, देशाटन और उत्कृष्ट साहित्य के पठन-पाठन से

ही संभव है| इसमें बोध, शोध और विज्ञान का समन्वित स्वरूप समाहित होना चाहिए |

भारत माँ स्वरूपी वसुधा का यह पावन अंश कतिपय तत्वों में अनूठा है | ऐतिहासिक दृष्टिकोण से मात्र एक उदाहरण पर्याप्त है और वह है सम्राट अशोक का| विश्व इतिहास में किसी भी देश के किसी भी ऐसे राजन अथवा सम्राट के युद्ध उपरान्त हृदय परिवर्तन का उदाहरण नहीं है जैसा सम्राट अशोक का कलिंग युद्ध के उपरान्त होना अभिलेखित है | सम्राट के शिलालेखों जैसे उपदेशात्मक अंकन वाले शिलालेख भी किसी अन्य देश में नहीं पाए जाते हैं| पारंपरिक दृष्टि से देखा जाए तो प्रयाग में प्रतिवर्ष होने वाले माघ मेले और प्रत्येक बारह वर्ष पर होने वाले कुम्भ मेले जैसे आयोजन भी विश्व के किसी अन्य भाग में नहीं संपादित होते हैं | अकबर जैसा न्यायप्रिय, धर्मनिरपेक्ष और कला प्रेमी शहंशाह भी इसी के अंक में विकसित हुआ| कालिदास की विराट कल्पना को भी इसी परिवेश में प्राणवायु प्राप्त हुई |

सभी भारतवासियों का यह दायित्व है कि सब इसे मन से सजाएँ, सँवारें और वाह्य शत्रुओं तथा अंदरूनी प्रकोपों से उसकी सुरक्षा करें | वन समृद्ध हों , वृक्ष पोषित हों और देव वृक्षों(पीपल , बरगद , बेल ,नीम , ओनला , अशोक) का संरक्षण हो | प्रदूषण का निदान हो और शिक्षा के सर्वोत्तम स्वरूपों का उत्थान हो | तैंतीस प्रतिशत भूभाग पर वानस्पतिक आच्छादन से सुशोभित साफ़-स्वच्छ प्रेम

धारित मानवीय साहित्यिक स्वरूप ही भारत माँ के आनंदमय रूप का प्रतीक है| भारत का प्रत्येक सुधी नागरिक और ग्रामीण इसका समर्पित प्रहरी और निष्ठावान उपासक होना चाहिए|

भारत में विभिन्न क्षेत्रों में व्याप्त नकारात्मक प्रवृत्ति

आधुनिक युग में सामाजिक एवं सांस्कृतिक परिवर्तनों के सुधी संकेत, प्रकाशित एवं प्रसारित समाचारों , विभिन्न पत्र-पत्रिकाओं के लेखों , इंटरनेट प्रसारणों और कतिपय दूरदर्शन धारावाहिक के माध्यम से सूचित होते रहते हैं| भारत से संबंधित अद्यतन प्रकाशनों और प्रसारणों से ऐसा आभास होता है कि गत चार-पाँच दशकों में भारत में विभिन्न क्षेत्रों में नकारात्मक प्रवृत्ति व्याप्त हो चुकी है | यह नकारात्मक प्रवृत्ति , भारत के समर्थकों और संरक्षकों के लिए भीषण चिंता का विषय है| ऐसे अवांछित सामाजिक प्रभाव का मानसिक मंथन, उसके कारणों का विश्लेषण एवं उसके उचित उपचार की नियोजन, आज भारतवर्ष के लिए एक बहुत बड़ी चुनौती बन चुकी है |

भारत के अनेक क्षेत्रों के कृषक, चिंतित एवं उदास रहने लगे हैं, कहीं पर खेती के मार्ग में आ रही बाधाओं के बारे में सोचकर तो कहीं फसलों के अनुचित समर्थन-मूल्य से आहत होते हुए| अनेक क्षेत्रों में किसानों की आत्महत्याओं ने भी, भारतीय कृषि और कृषकों में व्याप्त

नकारात्मक सोच को सत्यापित किया है| विभिन्न स्थलों पर संपादित सामूहिक प्रदर्शन और युवकों-युवतियों का अनैतिक कृत्यों एवं अवैध नियोजन से संबद्ध होना भी, विशेष विश्लेषण की माँग करता है| देश में अपराधों की संख्या बढ़ती जा रही है और उनका रूप-स्वरूप अधिक जटिल होता जा रहा है| भारतवासी, भारी संख्या में अनेक विशेष योग-केन्द्रों , सहज-चिंतन स्थलों, धार्मिक आश्रमों, सत्संग-स्थलों इत्यादि पर जाने के आदी होते जा रहे हैं| उनमें अधिकांश ऐसे हैं जो अपने नकारात्मक भावों को सकारात्मक करने का प्रयास कर रहे हैं| मनोवैज्ञानिकों एवं चिकित्सकों के पास भी नकारात्मक सोच के चरम से पीड़ित लोगों के उपचार के प्रकरण बढ़ रहे हैं| अनेक टेलीविज़न धारावाहिक एवं चलचित्रों के कथानकों पर भी नकारात्मक विचारधारा का प्रभाव पड़ चुका है| अंधविश्वास, दंगा-फसाद, पारिवारिक वैमनस्य, विनाशकारी युद्ध इत्यादि बहुत मुखर होते जा रहे हैं | यही दशा नवीन साहित्य सृजन की है जो अधिकांशतः किसी व्यक्ति विशेष की निंदा अथवा एकल पक्षीय निरादर या अनादर पर आधारित होता जा रहा है| शिक्षा एवं शिक्षण की तो अत्यंत दयनीय दशा है| अनेक प्राथमिक एवं माध्यमिक कक्षाओं के शिक्षकों का यह कथन और दावा है कि अधिकांश बच्चे पढ़ना ही नहीं चाहते | अनेक विद्यार्थियों के मन में यह विचार समा चुका है कि पढ़ने-लिखने से उनका कोई विशेष भला नहीं होने वाला है| भारत के चन्द समर्पित राजनेताओं को

छोड़कर,शेष के मन में यह बात बैठ चुकी है कि भारत का कुछ भी भला नहीं होने वाला है| भारतीय बाज़ारों में चीन के उत्पादों का भारी मात्रा और संख्या में उपलब्ध होना, भारतीय उद्योग और हिन्दुस्तानी अर्थव्यवस्था में वर्तमान में समाविष्ट नकारात्मक भाव के प्रबल प्रतीक हैं|| एक ओर ग्रामों के विकास पर विशेष राष्ट्रीय बल और आर्थिक निवेश और दूसरी और अधिकांश भारतीय ग्रामों से ग्रामीणों का सतत पलायन भी, ग्रामवासियों के मन में समाहित ग्रामीण परिवेश के प्रति विद्यमान नकारात्मक भावों को इंगित करता है |

भारत में विद्यमान इस नकारात्मक सोच का रूप प्रचंड और विकराल है| एक विशिष्ट सामाजिक सर्वेक्षण के अनुसार, भारत के वयस्कों की आबादी के मात्र पंद्रह प्रतिशत लोगों की सोच सकारात्मक है, तीस प्रतिशत की सोच सकारात्मक और नकारात्मक के मध्य है और शेष पचपन प्रतिशत की सोच नकारात्मक है| ऐसी अवांछित सामाजिक सोच के अनेक संभावित कारण एवं कारक हैं| इन कारणों तथा कारकों को पर्यावरणी, पारिवारिक, राजनीतिक, शैक्षणिक, आर्थिक, सामाजिक, साहित्यिक और नैतिक वर्गों में विभाजित किया जा सकता है |

सर्वप्रथम पर्यावरणी कारण से प्रारम्भ करना उचित होगा | भारत में ईस्ट इंडिया कंपनी के आगमन के उपरान्त, अंग्रेजों के तीन सौ वर्षों के शासन-काल में,

भारतीय वनों के अनियंत्रित दोहन, वृक्षों की भीषण कटान, वन्यजीवों के अनियंत्रित शिकार तथा जल-पिंडों के अनैतिक दोहन ने, भारतीय पर्यावरण को प्रतिकूल और प्रदूषित कर लिया | उसके परिणाम स्वरूप भारत का पर्यावरण, कतिपय घातक प्रदूषण स्वरूपों से प्रभावित हो गया| आज भारत की वायु, जल एवं मृदा प्रदूषित हो चुकी है| ध्वनि प्रदूषण भी अपने पूर्ण प्रकोप पर है | आधुनिक जीवन शैली में स्वचालित वाहनों और यंत्रों का अतिशय प्रयोग, वैचारिक प्रदूषण को त्वरित कर चुका है| एक सीमा तक प्रदूषित पर्यावरण का यह भयानक स्वरूप, भारतवासियों में नकारात्मक भावों और निराशावादी विचारों का जनक है | जिन भारतीय क्षेत्रों के वासियों ने संगठित और संकल्पित होकर अपना पर्यावरण परिवेश, जल-पिंडों की सफाई और समर्पित भाव से उचित पौधों के रोपण और नए वनीकरण की स्थापना द्वारा सुधार लिया है, उनकी मानसिकता में भी सुधार आया और नकारात्मक स्वरूप सकारात्मक भाव में परिवर्तित होता जा रहा है| इससे यह पुष्ट होता है कि क्षेत्रों का निर्वनीकरण, वनों का अवनत होना, वृक्षों का अतिशय पातन और प्रदूषण का विकराल स्तर, नकारात्मक सोच के प्रबल कारक तथा कारण हैं|

नकारात्मक भावों का मौलिक आधार, मानव की पारिवारिक व्यवस्था और परिवेश में विद्यमान होता है | परिवार के मुखिया एवं मुखियानी के मार्गदर्शन की गुणवत्ता, उसके मनोभावों को नियंत्रित करती है | उचित

मार्गदर्शन का अभाव , भावों और विचारों को निराशा भरे नकारात्मक रूप में बदल देता है | इस प्रकार , पारिवारिक अयोग्यता और परिवार के मुखिया तथा मुखियानी की असक्षमता भी अवांछित नकारात्मक सोच के सशक्त कारक हैं| इसके अतिरिक्त, भारत की दोषपूर्ण शिक्षा प्रणाली भी इसका एक प्रबल कारक है| वर्तमान भारतीय शिक्षा प्रणाली, साम्य एवं समता की शुद्ध विलोम है | यह भारतीय समाज में असमानताओं की सतत जनक है| इसमें मौलिक प्रतिभाओं की सच्ची पहचान और सम्मान के बजाय कतिपय विनाशकारी पाश्चात्य तत्त्वों का प्रभुत्व है जो मात्र दस प्रतिशत संपन्न परिवारों को लाभ पहुँचाते हुए शेष को निराश एवं उपेक्षित कर रहा है| यह 'सफल प्राप्तकर्ताओं' और 'सामाजिक वंचितों' के मध्य की खाई को और गहरा करते हुए, असंख्य नकारात्मक तत्त्वों को पैदा करता जा रहा है | बहुत कम भारतीय विद्यालय और शिक्षण केंद्र, अपने विद्यार्थियों की सोच को सकारात्मक कर पा रहे हैं| अनेक विद्यार्थी, शिक्षा और शिक्षण से अधिक व्यावसायिक कोचिंग प्राप्त करने के आदी हो चुके हैं और शेष निराश और हतोत्साह हो चुके हैं| इससे एक विशेष व्यावसायिक दृष्टिकोण वाले भौतिकवादी समूह का जनन होता जा रहा है जिसे जीवन के सकारात्मक मूल्यों से कोई सरोकार नहीं रह गया है| कोचिंग को अर्पित और समर्पित शिक्षक भी मात्र अवसरवादी एवं व्यापारिक भावों को बढ़ावा दे रहे हैं|

उनका यह आचरण विद्यार्थियों तथा भारतीय समाज पर नकारात्मक प्रभाव डाल रहा है|

भारत में राजनीतिज्ञों की अवसरवादी मानसिकता और उनकी आर्थिक तृष्णा भी आम जनता के मन में नकारात्मक भावों के जनन का कारण है| भारतीय राजनीति में व्याप्त आडंबर, धोखाधड़ी, दल-बदल और झूठे आश्वासन, जनता को कोरे स्वप्न दिखाते हुए, उन्हें गुमराह करते जा रहे हैं | इसके कारण, जनता का देश की राजनीतिक व्यवस्था और नेताओं पर से विश्वास उठ चुका है| इसका सबसे घातक प्रभाव यह पड़ा है कि, अनेक भारतीय नागरिकों में, भारतीय आम चुनावों के प्रति भी, नकारात्मक भाव उत्पन्न हो चुके हैं| इसी कारण, भारतवर्ष के अनेक ऐसे क्षेत्र हैं, जहाँ अभिलेखित मतदाता सूची के तीस प्रतिशत से भी कम लोग, अपने मताधिकार का प्रयोग करते हैं |अधिकांश भारतीय नेताओं को, अपने क्षेत्रो का ध्यान चुनाव के ठीक पूर्व, चुनाव-प्रचार के समय ही आता है |यहाँ पर यशस्वी गीतकार **'गुलज़ार'** द्वारा दशकों पूर्व रचित गीत की प्रारंभिक पंक्तियों का ध्यान आता है :

'सलाम कीजिये आली जनाब आये हैं |

ये पाँच सालों का देने हिसाब आये हैं |'

इन अनमोल पंक्तियों में यह विशिष्ट सामाजिक तथा राजनीतिक यथार्थ समाविष्ट है कि आम तौर पर भारतीय नेताओं और राजनीतिज्ञों को भारतीय जनता का ध्यान

पाँच-पाँच वर्ष उपरान्त, आम चुनाव के ठीक पूर्व ही आता है।

सामाजिक और आर्थिक असमानताएँ के कारण, भारतीय समाज के वंचित वर्गों के सदस्यों के मन भी नकारात्मक भावों का शिकार होते हैं। इन असमानताओं के कारण, उनको सभी सामाजिक आयोजन और आर्थिक प्रावधान निरर्थक और निर्मूल प्रतीत होते हैं। उनको ऐसा आभास होने लगा है कि सामाजिक आयोजनों में सम्मिलित होना मात्र अपना समय बर्बाद करना है। उनको उत्सवों तथा सांस्कृतिक आयोजनों में भी शामिल होना बेकार लगता है। सामाजिक मेल-मिलाप के अभाव में, उनका जीवन नीरस और नकारात्मक होता जा रहा है।

मात्र व्यावसायिक तथा विस्फोटक साहित्य सृजन भी नकारात्मक सोच को सृजित और त्वरित करता जा रहा है। विक्रय हेतु तत्पर और मंच प्रस्तुति हेतु आकुल-व्याकुल साहित्य सृजन, अवांछित विचारों और अवनत मानसिक भावों को उत्पन्न करता है। समाचार पत्र और पत्रिकाएँ भी नकारात्मक संदेशों को बढ़ावा दे रही हैं। उनके द्वारा प्रथम पृष्ठ पर ही बलात्कार, हत्या, डकैती, राहजनी, सेंध, आतंकवाद, हिंसा, आत्महत्या, पलायन, सामूहिक हत्या, सामूहिक बलात्कार, राजनीतिक अथवा सामाजिक घोटालों इत्यादि जैसी ख़बरों को ही वरीयता प्रदान की जा रही है। गद्य लेखन और काव्य सृजन में नकारात्मक सोच को अभिव्यक्त करते हुए वाह-वाही

लूटी जा रही है |यह भीषण खेद का विषय है कि ऐसा कुकृत्य करने वाले व्यक्तियों को यह आभास नहीं हो रहा है कि उनके द्वारा इस प्रकार असंख्य लोगों के जीवन को दिग्भ्रमित और दूषित किया जा रहा है |

कुछ लोगों की नकारात्मक सोच उनके सहपाठियों और मित्रों की संगत का प्रभाव है| यह प्रभाव इतना तीव्र होता है कि उसे छोड़ना अथवा त्यागना सामान्यतः असंभव सा प्रतीत होता है| ऐसा कुसंग, मनुज को विवश, गुमसुम और ज्ञान-शून्य बना देता है तथा उसके नैतिक पतन का कारण बनता है |

भारत और भारतवासियों में बढ़ते हुए नकारात्मक सोच का यथार्थ, संतुलित और नियोजित उपचार का आकांक्षी है | सबसे उत्तम उपाय है भारतीय परिवेश की सुरक्षा और उसके वनों एवं वृक्षों की सुरक्षा और संरक्षण, पर्यावरण-संरक्षण ,पारिस्थितिक-संतुलन और भारत की अनमोल जैविक विविधता का आंतरिक बोध और सुनियोजित संरक्षण| प्रभावशाली सुरक्षा-तंत्र के अरण्य के सार को संरक्षित करना है और उचित पौध-रोपण अभियानों द्वारा वनों और वृक्ष-आच्छादनों को उन्नत करना है| ऐसे उन्नत वनों के लाभकारी प्रभाव का आभास नागरिक, ग्रामीण और पर्यटक किसी उन्नत साल-वन से गुजरते हुए अपने उर की उर्वरता और अपनी उद्यमिता में वृद्धि के आभास के रूप में सरलता तथा सहजता से कर सकते हैं| चयनित स्थलों पर बरगद, पीपल, बेल आँवला

और अशोक के समूह से सृजित उन्नत पंचवटी और अन्य सकारात्मक आच्छादन का सृजन, सहज, सरल और उपयोगी निदान हैं | जल-पिंडों और आर्द्र स्थलों का संरक्षण भी आवश्यक है क्योंकि जल ही जीवन है और जीवन जल-नियोजन का उन्नत स्वरूप है | इन सबसे, पर्यावरण संरक्षित होगा और प्रदूषण नियंत्रित होगा. नकारात्मक भाव विनष्ट होंगे और सार्थक सकारात्मक भावों का जनन होगा |

भारत की शिक्षा प्रणाली में साम्य और आधारिक देशज तत्त्वों को पर्याप्त स्थान देते हुए उसे आम जनता का हितैषी बनाना होगा| भारतीय शिक्षा व्यवस्था में मौजूद भिन्नताएँ और असमानताएँ, भारत की सामाजिक सार्थकता हेतु गरल के समान हैं| शिक्षकों और शिक्षण संस्थाओं को शिक्षण को तपस्या स्वरूप मानते हुए कोचिंग तथा व्यवसाय का मोह त्यागना होगा| शिक्षकों को प्रतिभाओं की उचित पहचान करते हुए उनका सही मार्गदर्शन करना होगा और साथ ही वंचित वर्ग की समस्याओं का भी प्रभावशाली निवारण करना होगा | इस दिशा में, शैक्षणिक संगठनों को और शोध संस्थानों को भी ठोस कदम उठाने होंगे |इसके अतिरिक्त देश के राजकीय तथा संवैधानिक प्रावधानों को भी उन्नत और संशोधित करना होगा | भारतीय शिक्षा को देशज भावों को अंगीकृत करते हुए और विदेशी आडंबरों को त्यागते हुए भारत की जनता के हित से संलग्न होना होगा |

प्रत्येक भारतीय परिवार को अपने बच्चों के उन्नत पोषण और विकास हेतु, उचित आवासीय परिवेश प्रदान करना होगा ताकि, उनके मन में सकारात्मक सोच को सबल आधार प्राप्त हो सके| उन्हें अपने बच्चों के आचरण तथा मानसिकता का वास्तविक आभास करते हुए तथा उन्हें उपयुक्त परामर्श देते हुए, उनके भविष्य को सँवारना होगा | पारिवारिक युग्म इस सम्बन्ध में शिक्षकों से संबद्ध होकर अच्छे परिणाम सृजित कर सकते हैं| परिवार के प्रत्येक बुजुर्ग को परिवार के बच्चों और युवकों की मौलिक प्रतिभाओं का आकलन करते हुए, उनकी विचार शैली को सकारात्मक और आशावादी बनाना होगा| परिवारों में परस्पर मानसिक और सांस्कृतिक आदान-प्रदान भी सकारात्मक तत्त्वों को पोषित और उत्प्रेरित करेगा |

साहित्य सृजन करने वालों को नकारात्मक भावों को त्यागते हुए सकारात्मक सोच और आशावादी विचारों को अपनाकर सृजन करना होगा| उनके काव्य, कथा, उपन्यास, नाटक, संस्मरण, रेखा-चित्र इत्यादि ऐसे सकारात्मक मूल्यों से परिपूर्ण होने चाहिए जो पाठकों को आशावादी सन्देश सौंपे | मात्र नकारात्मक सोच को प्रेरित करते बाजारू साहित्य के सृजन की शैली को समाप्त करना होगा और पठनीय प्रेरक साहित्य के सर्जन से संलग्न होना पड़ेगा| साहित्यकारों को जीवन की प्रत्येक घटना और दुर्घटना को सकारात्मक दृष्टिकोण से देखते हुए, उनका सकारात्मक विश्लेषण करते हुए ही सृजन को

अंजाम देना होगा| सकारात्मक साहित्य सदैव दुःख एवं निराशा की परिस्थितियों में भी आशावादी संदेश खोज लेता है| सुधी पाठकों का यह दायित्व है कि वे ऐसे साहित्य का प्रसार करते हुए अन्य लोगों को भी उसके पठन-पाठन हेतु प्रेरित करें| साहित्यकारों का यह दायित्व भी है कि वे प्रकृति और प्राकृतिक क्रियाओं में विद्यमान आशावादी प्रेरक रहस्यों का खुलासा करते हुए, अपने सृजन को सही तथा सार्थक दिशा प्रदान करें |

नकारात्मक सोच का सबसे उत्तम उपचार है समर्पित योगाभ्यास और सुनियोजित योग शिविरों का संपादन| सार्थक योग-चिंतन और नियंत्रित तथा नियमित योगासनों से सामाजिक सोच, सार्थक और सकारात्मक हो जाती है |राष्ट्रीय स्तर पर एवं राज्य स्तर पर आयोजित योग-शिविरों का शुभ आरंभ इस प्रयोजन हेतु प्रभावशाली कदम है| इस विधा को वैश्विक स्तर पर भी मानसिक तनाव-मुक्ति हेतु औषधि का मान देते हुए अपनाया जा चुका है| इस हेतु किसी योग्य योग-शिक्षक अथवा सार्थक समर्पित योग-संगठन से उचित मार्गदर्शन प्राप्त करना श्रेष्ठ होगा| इसके अभाव में योग करने वाले पर, प्रतिकूल प्रभाव भी उत्पन्न हो सकता है |

उन्नत सकारात्मक चलचित्रों , सार्थक टेलीविज़न-धारावाहिकों और स्तरीय रंगमंच प्रस्तुतियों का निर्माण भी नकारात्मक सोच का प्रभावशाली उपचार है | ऐसे सार्थक कलात्मक निर्माण, मानव सोच को सही दिशा प्रदान

करते हुए, अपेक्षाकृत अनन्य उपयोगी प्रभाव सृजित करने में सहायक सिद्ध होते हैं| अविस्मरणीय अनन्य चलचित्र निर्माता, निर्देशक और अभिनेता **वी. शांताराम** की '**दो आँखें बारह हाथ** ,विश्वविख्यात फिल्म निर्माता-निर्देशक **महबूब खान** की '**मदर इंडिया**', **अनूठे फिल्म निर्माता, निर्देशक और पटकथा-लेखक केदार शर्मा** की '**गोदान**', चलचित्र निर्माण सम्राट **राज कपूर** की '**जिस देश में गंगा बहती है**' ,कलात्मक कौशल के धनी **हृषिकेश मुकर्जी** की '**आनंद**' , निर्माता,अभिनेता **आमिर खान** की '**तारे जमीन पर**' , प्रतिभाशाली फिल्म अभिनेता और कलाकार **फरहान अख्तर** की '**भाग मिल्खा भाग**' , महान अंतरराष्ट्रीय फिल्म निर्माता '**रिचर्ड अटनबरो**' की '**गाँधी**' ,महान नाटककार विजय तेंदुलकर की नाट्य प्रस्तुति '**घासीराम कोतवाल**',महान निर्माता **रामानंद सागर** द्वारा निर्मित टेलीविज़न धारावाहिक '**रामायण**' ,महान निर्माता **बी.आर. चोपड़ा** द्वारा निर्मित अनेक चलचित्र और उनका टेलीविज़न धारावाहिक '**महाभारत**' और **श्रीलाल शुक्ल** के कालजयी उपन्यास '**राग दरबारी**' पर आधारित टेलीविज़न धारावाहिक **,** इनके कतिपय विशिष्ट उदाहरण हैं | इस सम्बन्ध में, सुनियोजित स्वस्थ हास्य सम्मेलनों में भागीदारी भी अच्छे परिणाम देगा | कपिल शर्मा का टेलीविज़न कार्यक्रम इसके सार्थक प्रभाव का प्रबल प्रमाण है| बाजी राव, वीर शिवाजी, महाराणा प्रताप, अकबर महान और अशोक महान जैसे सकारात्मक

चरित्रों पर उन्नत स्तरीय निर्माण भी, इस प्रयोजन से सार्थक सिद्ध हो रहे हैं। भारद्वाज मुनि, श्रृंगी ऋषि, आदि शंकराचार्य और अमीर खुसरो जैसे अनन्य भारतीय व्यक्तित्वों पर स्तरीय कलात्मक निर्माण तथा प्रेरक सन्देश भी इस संबंध में लाभकारी प्रमाणित होंगे।

भारतवासियों को अपनी नकारात्मक सोच को समाप्त करने के लिए, अपनी जीवन शैली को सरल बनाते हुए तथा भारत माटी और उसकी जैविक विविधता की सच्ची पहचान करते हुए, प्राकृतिक संपदाओं का सान्निध्य प्राप्त करना होगा और उनमें निहित अथाह शक्ति और अतुलित ऊर्जा का वास्तविक बोध करना होगा। उस मानवीय बोध को शास्त्रीय साहित्य के सुधी पठन-पाठन से जोड़ना होगा।जीवन जितना सहज होगा नागरिकों और ग्रामीणों को उतना ही आनंद मिलेगा। इस सम्बन्ध में जिज्ञासु भारतवासियों को यह सावधानी बरतनी पड़ेगी कि :

"ज्ञान मिले अभिमान नहीं हो, पर अनुभव बिन ज्ञान नहीं हो।

मन जो चाहे भोगी बनना ,योग-योग प्रयोग में सनना।

अनुभव ज्ञान मिलाप अनूठा,सरस सुधा रसधार बहेगा।

जीवन जितना सहज जियोगे, उतना ही आनंद मिलेगा।"

नकारात्मक सोच, आधुनिक आडंबरों और भौतिकता-वादी मानव आचारों द्वारा उत्पन्न, एक सामाजिक और मनोवैज्ञानिक विष है | उन्नत वन , संरक्षित पर्यावरण, सुरक्षित जैविक विविधता, पारिस्थितिक संतुलन, संशोधित सार्थक साम्य-वादी शिक्षा प्रणाली, समर्पित शिक्षकों के सात्विक आचार,सकारात्मक साहित्य का सृजन , सामाजिक समानता ,राजनीतिक शुद्धिकरण, संगठित अभियान और सहज,सरस,सरल सार्थक जीवन शैली इसके वास्तविक उपचार हैं |

भारत के उत्थान में हमारा योगदान क्या और कैसे होना चाहिए

किसी भी देश अथवा राष्ट्र का उत्थान उसमें सुवासित नागरिकों और ग्रामीणों की मौलिक प्रतिभाओं, सृजनात्मक रुझानों और नियोजित योगदानों पर निर्भर होता है |देश में स्थानीय,प्रांतीय एवं केंद्रीय स्तर पर, देश के उत्थान में उसके वासियों के संभावित योगदानों और उसके संपादन की विधियों पर वैचारिक विश्लेषण और मानसिक मंथन होता रहता है | भारत ऐसे सनातन गरिमा, पौराणिक परम्पराओं और अनन्य विद्वानों वाले देश में ऐसे वाद-संवाद और प्रतिवाद अधिक तीव्रता और अतिशय बारम्बारता से होते है | यह मानव प्रेक्षा सदैव प्रासंगिक रहेगी कि भारत के उत्थान में भारतवासियों का योगदान क्या और कैसे होना चाहिए | इस सम्बन्ध में सभी संभावित योगदान सामाजिक, सांस्कृतिक, नैतिक, शैक्षणिक और वैज्ञानिक तत्त्वों के सजीव मिश्रण के संकेतक हैं | यह एक ऐसा अनन्य मिश्रण है जिसके रूप-स्वरूप पर निरंतर चिंतन होते रहना चाहिए |

भारतवासियों का भारत के उत्थान में सबसे बड़ा योगदान यह होगा कि सब भारत के विभिन्न परिवेशों में विद्यमान जैविक संपदाओं और भिन्न मृदा प्रकारों से पर्याप्त भिज्ञ होकर उनको सँवारने, सुधारने और संरक्षित करने का नियोजित प्रयास करें |हम सब को भारत की अनन्य जैविक विविधता का सुबोध करते हुए और उससे गहनता से भिज्ञ होते हुए उसके पोषण और संवर्धन की पर्याप्त व्यवस्था करनी होगी| इस दिशा में भारतीय जैविक विविधता संरक्षण अधिनियम २००२ ने एक नवीन दिशा प्रदान करते हुए विशिष्ट मानक निर्धारित किए हैं|हम सब को लुप्तप्राय प्रजातियों के संरक्षण पर विशेष ध्यान देते हुए उनके अस्तित्व को बचाना है| उदाहरणतः गंगा डॉल्फिन, गिद्ध, कुसुम, बीजासाल,काला हिरन, मौलश्री, महासीर इत्यादि कुछ ऐसी विशेष जैविक संपदाएँ हैं | संरक्षण की यह धारा प्रत्येक ग्राम में प्रवाहित होनी चाहिए| इस प्रवाह का सीधा सम्बन्ध अधिनियम के उस प्रावधान से है जिसके अंतर्गत भारत के प्रत्येक गाँव की एक जैविक विविधता पंजिका बननी है| उस पंजिका में गाँव में वर्तमान एवं अतीत में विद्यमान प्रत्येक जैविक प्रजाति का विवरण दर्ज होना है| वर्तमान में भारत के अनेक चयनित ग्रामों में यह विशेष कार्य युद्ध स्तर पर चल रहा है| हम सब को इस विशिष्ट कार्य में अपना हर संभव योगदान देना होगा| भारत के वास्तविक उत्थान हेतु उसके सभी ग्रामों में इस पंजिका का पूर्ण होना और उसके परिणामस्वरूप उसकी सभी जैविक प्रजातियों का

वास्तविक बोध और ज्ञान होना आवश्यक है| इसके अतिरिक्त यह भी आवश्यक है कि ग्रामों के वानस्पतिक परिवेश को पौराणिक शुद्धता और अनन्य सुषमा प्रदान की जाए| उपयुक्त स्थलों पर नीम,पीपल, बरगद, मौलश्री जैसी महत्वपूर्ण प्रजातियों के पौधों का रोपण करते हुए उसे विकासोंमुख बनाया जाए| इस कार्य में भारत के जैव-विशेषज्ञों, सामाजिक संगठनों और वन-रक्षा समूहों को विशेष प्रयत्नशील एवं क्रियाशील होना होगा | ग्रामों के पोखरों और बागीचों को भी पुनः उन्नत और घना बनाना होगा | अनेक गाँवों में पोखर पटने और आम,नीम,बरगद,पीपल ,मौलश्री जैसी प्रजातियों के कटने के कारण, स्थानीय पर्यावरण दुष्प्रभावित होता जा रहा है| वनों की सीमा से संलग्न ग्रामों की स्थिति तो वनों में जारी अवैध पातन और अवैध खनन के कारण और अधिक विषम हो चुकी है |प्रत्येक ग्रामीण को प्रत्येक वर्ष अनुकूल मौसम में कम से कम दो उपयुक्त प्रजातियों की पौध रोपित करनी होगी| प्रत्येक गाँव का 'अपना वन' तैयार करना होगा जिसमें गाँव की जैविक विविधता से संबंधित प्रजाति का समावेश हो| प्रत्येक गाँव हेतु ऐसे वन की स्थापना भारत के उत्थान के लिए एक सबल संबल सिद्ध होगा| गाँव के पोखरों की साफ़-सफाई और उनके कगार पर उपयुक्त प्रजातियों का अनुकूल मौसम में उचित स्थल पर रोपण प्रगति और विकास को वांछित स्वरूप प्रदान करेगा |

भारत के उत्थान हेतु उसके प्रगति एवं विकास के प्रतिमानों को अखंड एवं अविच्छिन्न प्रवाह के अनुरूप होना चाहिए |यह तभी संभव है जब नियोजन और नियोजकों में अभिनव चिंतन के साथ संरक्षण और सुरक्षा की भावना सम्मिलित हो | संरक्षण का नाम आते ही भारत की अनमोल वानस्पतिक धरोहरों के साथ में तत्काल हिंदुस्तान के उन जल-स्रोतों और जल-संरचनाओं का ध्यान आता है जो शुष्क होते जा रहे हैं | मृदा के जलहीन होने का तात्पर्य है उसका प्रभावहीन और अस्तित्वहीन हो जाना | अतः हम सब को जल-संरक्षण पर विशेष ध्यान देते हुए उस हेतु व्यक्तिगत और सामूहिक प्रयास दोनों ही उपयोग में लाने होंगे |हम सब को अपने देश की समस्त आर्द्र भूमि (वेट लैंड्स) को संरक्षित करना होगा |इसके अंतर्गत नदियों , तालों , पोखरों , झरनों एवं सभी जल-पिंडों तथा उनसे संलग्न भूमि और मृदा को भी बचाना होगा | ऐसा न करने पर भारत की वही दशा हो जायेगी जो सत्तर के दशक में ईरान देश की हुई थी जिसके परिणामस्वरूप वर्ष उन्नीस सौ इकहत्तर में ईरान के नगर 'रामसर' में प्रथम अंतर्राष्ट्रीय वेटलैंड्स सम्मेलन आयोजित हुआ था और बाद में वर्ष उन्नीस सौ सत्तानवे से फरवरी माह का द्वितीय दिवस 'विश्व वेटलैंड्स दिवस' के रूप में मनाया जाता है | वास्तविक संतुलित विकास हेतु जल, जल-पिंडों तथा आर्द्र स्थलों को संरक्षित करते हुए उन्हें साफ़,स्वच्छ और उन्नत करना है | व्यक्तिगत तौर पर भी हम सब जल उपयोग का उचित नियोजन करते हुए तथा

वर्षा के जल का विधिवत संचय करते हुए भरपूर योगदान दे सकते हैं |

भारत के उत्थान में हम सब का सबसे महत्वपूर्ण योगदान यह होगा कि हम सब अपनी जीवन शैली को सहज और सरल बनाएँ | यह तभी संभव है जब मानव जीवन पद्धति अतिशय भौतिक आडंबर से पृथक हो और मौलिक आध्यात्मिक चिंतन की और अग्रसर हो |देश के शिक्षा विशेषज्ञों को भारत की राष्ट्रीय तथा प्रांतीय शिक्षा नीति को भी इसी अनुसार संशोधित करना होगा ताकि भारत के भावी कर्णधार सहज तथा सरल जीवन शैली सहर्ष अपनाने को सहमत हों | ऐसी संशोधित शिक्षा पद्धति से ही भारत के बच्चों और युवक-युवतियों का आचरण शुद्ध होगा और वे अपनी मौलिक प्रतिभा के अनुसार अपना प्रभावपूर्ण योगदान देंगे | इस पुनीत कार्य में देश के शिक्षकों, शिक्षा-विदों और समाज-सुधारकों द्वारा ऐसे शिक्षण केंद्र संचालित करते हुए नियोजित विधि से योगदान दिया जा सकता है |ऐसी शिक्षा शैली के जैविक उत्पाद भ्रष्टाचार उन्मूलक और राजनीतिक शोधक का दुष्कर कार्य करेंगे | स्वच्छ राजनीति का अर्थ हैं समर्पित, गुणवान,त्यागी तथा बलिदानी नेता, जो भारत के उत्थान को सकारात्मक नेतृत्व प्रदान करेंगे |

भारत वर्तमान में उस दौर से गुजर रहा है जिस दौर से विश्व से सबसे अधिक विकसित देश आज से दो सौ वर्ष पूर्व गुजर चुके हैं |भारत की आबादी के अधिकांश

पर लोभ,ललक और ललकार की संस्कृति हावी है | लोगों का ध्यान मात्र व्यक्तिगत भौतिक लाभों और प्रकृति के अनियंत्रित दोहन और दोहन पर केंद्रित है | इस मानव आचार से दैवी आपदाओं का प्रकोप भी बढ़ता जा रहा है |प्रकृति के सरल एवं सहज वानस्पतिक उपचारों के बजाय पथरीले निर्माणों के कारण नैसर्गिक स्वरूपों का ध्वंस हो रहा है |भूमि कटाव त्वरित हो रहा है | वर्ष दो हज़ार तेरह में बद्रीनाथ धाम और केदारनाथ धाम क्षेत्र पर आकस्मिक दैविक प्रकोप इस अवांछित प्रभाव का प्रत्यक्ष परिणाम है |नदियों और सागरों के कगार तथा संवेदनशील पर्वतीय अंचलों में अवैध खनन से स्थिति बिगड़ती जा रही है | हम सब को ऐसे अवांछित मानव प्रयासों को रोककर देश के उत्थान को सुगम बनाना होगा |इसके अतिरिक्त हम सब का एक विशिष्ट योगदान यह होगा की हम सब विदेशी प्रजातियों, विदेशी उत्पादों और विदेशी प्रचलनों को त्यागकर देशज प्रजातियों,देशज उत्पादों और देशी पारंपरिक प्रचलनों को अपनाएँ | इससे हम सब का देश की माटी और देश के परिवेश का ज्ञान भी वृद्ध होगा |उस बढ़ी हुई जानकारी का समुचित उपयोग करते हुए हम सब देश के नियोजन को वांछित स्वरूप प्रदान कर सकते हैं |

भारत के बड़े नगरों और महानगरों के लिए विशेष नियोजन करना होगा | इनमें व्याप्त ध्वनि-प्रदूषण, वायु-प्रदूषण एवं जल-प्रदूषण को नियंत्रित करने के लिए हम सब को सर्वप्रथम प्रदूषण बढ़ाने वाले वाहनों के उपयोग

को त्यागना होगा तथा अधिकांशतः पैदल चलने एवं साइकिल की सवारी प्रयोग करने वाली विधि को अपनाना होगा | सभी औद्योगिक इकाइयों के मालिकों को उचित वानस्पतिक प्रजाति के पौधों के रोपण को संपादित करना चाहिए ताकि उनके छत्र,तने और पत्ते प्रदूषकों को अवशोषित कर सकें |प्रदूषण का उपचार होने से समाज में प्रसारित हो रहा वैचारिक प्रदूषण भी समाप्त होगा और अनेक सृजनात्मक कार्य संपादित होंगे |

भारत के उत्थान का अर्थ है उसकी लोक प्रतिभाओं की समय से सच्ची पहचान,मान और सम्मान तथा उसके श्रमिकों , किसानों और निर्धनों का भौतिक,मानसिक और मनोवैज्ञानिक उत्थान | इस संदर्भ में निम्नांकित पंक्तियाँ विशेष प्रासंगिक हैं:

"देश वही उन्नति करे,जिसमें गुण गुणगान |
श्रमिकों को आदर मिले,प्रतिभा को सम्मान ||"

खेती यानी कृषि को कृत्रिम उत्पादों से दूर करते हुए जैविक स्वरूपों से जोड़ना होगा |रासायनिक उर्वरकों के बजाय जैविक उर्वरकों का उपयोग अंगीकृत हो और रासायनिक कीट-नाशकों के स्थान पर जैविक कीट-नाशकों का उपयोग आम हो |इस जैविक पद्धति से ही हम सब विकास को मानव हितकारी ही नहीं अपितु सृष्टि उद्धारक भी बना सकते हैं| आज मानव जीवन के लिए सभी जीवों का आदर तथा जैविक विधियों का सहज प्रयोग नितांत आवश्यक है |हम सब को ऐसा तंत्र

विकसित करना है जिसके द्वारा सृष्टि की जैविक संपदा का संतुलित उपयोग हो और जिसके माध्यम से मानव उद्यम विस्तारित हो |

भारत के उत्थान में बाधक और अवरोधक तत्त्वों का भी बोध एवं विश्लेषण करना आवश्यक है | बढ़ती हुई जनसंख्या,निरंतर वृद्ध होता जा रहा आतंकवाद, दुर्गम अविकसित क्षेत्रों में विद्यमान अज्ञान तथा पत्थर की लकीर सदृश अंधविश्वास | जनसंख्या के अधिक होने का मतलब है भारत की धरती पर अधिक बोझ और भारतीय संपदाओं का अधिक दोहन और विदोहन |अतः हम सबको जनसंख्या वृद्धि पर अंकुश लगाने हेतु अपना परिवार छोटा और संतुलित रखना होगा |एक दंपति से दो से अधिक बच्चों के जनन को निषिद्ध और मात्र एक बच्चे के जनन को प्रोत्साहित करना चाहिए | दूर-दराज के अविकसित क्षेत्रों में नियमित ज्ञान शिविरों के आयोजन से वहाँ व्याप्त अज्ञान और अंधविश्वास को दूर करना होगा ताकि जनता पूर्ण विकास-तंत्र के मानकों से भिज्ञ होकर, भारतीय उत्थान की प्रबल संवाहक और रक्षक बनकर उभरे| अज्ञानता और अंधविश्वास के घातक पाशों से बाहर निकल कर ही मानव की मूलभूत प्रतिभा मुखरित होकर अपना सबल सार्थक प्रभाव उत्पन्न कर सकती है| अज्ञानता घृणित अंधकार है, अंधविश्वास सामाजिक विष और आतंकवाद भीषण गरल है| आतंकवाद से प्रभावित क्षेत्र का उत्थान तो तभी संभव है जब उसमें आतंकवाद मूल से नष्ट हो जाए| अतः हम सब

को संगठित होकर आतंकवाद से लड़ते हुए उसको समूल नष्ट करना होगा| उसके पूर्णतया विनष्ट होने के उपरान्त ही भारतवर्ष की पावन भूमि उन्नत और उच्चीकृत हो सकती है |भारत के स्वर्ग के रूप में जानी जाने वाली कश्मीर की सुन्दर घाटी का विकास भी अंतरराष्ट्रीय आतंकवाद के कारण अवरुद्ध हो चुका है| इसी प्रकार भारत के उत्तर-पूर्वी क्षेत्र भी आतंकवाद से विदीर्ण है | भारत में शांति-व्यवस्था के प्रबंधकों को इस सम्बन्ध में ठोस कदम उठाते हुए प्रभावी उपचार करना होगा |

किसी भी उत्थान अथवा प्रगति और विकास के आधार में मौलिक दर्शन और मूल साहित्य होता है| भारत के उत्थान में साहित्यकारों को विशिष्ट भूमिका निभानी होगी| सभी साहित्यकारों को ऐसे सार्थक सृजन को अपनाना होगा जिसके अंतर्गत भारतवासियों के मन में सात्विक सृजनात्मक सोच और अभिनव चिंतन शैली उत्पन्न हो| कवि, उपन्यासकार, कहानीकार, व्यंग्य-कार, रेखाचित्र-कार, निबंधकार, संस्मरण लेखक और यात्रा वृत्तांत लेखक अपनी कृतियों को पूर्ण करके इस कार्य को भली-भाँति अंजाम दे सकते हैं | उन्नत आत्म कथा और सकारात्मक जीवनी का सृजन ऐसी विचारधारा को जन्म देगा जो भारत को उन्नत भावी प्रतिमानों से संबद्ध करेगा| ऐसे में शोधकर्ताओं और वैज्ञानिकों द्वारा अपने मौलिक अभिनव सृजन को नवल धार देते हुए सतत विकास की और उन्मुख किया जा सकता है| वैसे इस सम्बन्ध में

महात्मा गांधी ने हम सब को अपनी कलम से ऐसा साहित्य सुलभ कराया है जिसमें भारत के विकास हेतु उपयुक्त प्रतिमान अत्यंत सरलता से सुझाए गए हैं| अद्यतन उदाहरण भारत के ग्यारहवें राष्ट्रपति डॉक्टर ए.पी.जे. कलाम द्वारा वैज्ञानिक दृष्टिकोण से रचित साहित्य **'इंडिया २०२०'** , **'अग्नि की उड़ान'** और **'इग्नाइटेड माइंडस'** का है |इन सभी में यह तथ्य स्थापित है कि भारत के सतत उत्थान का मार्ग उसके वासियों के अभिनव चिंतन, सरल तथा सहज जीवन शैली, वैज्ञानिक सोच , नियोजित श्रम और प्रकृति से अथाह प्रेम में है |

भारत के उत्थान हेतु हम सबके सभी संभावित योगदान भारतीय दर्शन के मौलिक सार 'सादा जीवन उच्च विचार' और उसके 'सतत अभिनव आध्यात्मिक चिंतन में समाविष्ट है | अनुभव एवं ज्ञान के अनूठे युग्म को सुलभ कराती शिक्षा व्यवस्था, प्रशासनिक-तंत्र और राजनीतिक प्रावधान का उन्नत मेल ही इसका मूल-मंत्र है| भारत के प्रत्येक गाँव का अद्यतन **'जैव विविधता रजिस्टर'** इसका प्रबल उत्प्रेरक है| भारतवर्ष की संरक्षित प्राकृतिक संपदा इसका प्रभावशाली संवाहक है |

कश्मीर हमारा है

कश्मीर समग्र भारतीय परिवेश एवं उसमें सुवासित सभी जैविक स्वरूपों का अनन्य गौरव है। भारत एवं सभी भारतीय यह सोचते और कहते कभी थकते ही नहीं हैं कि कश्मीर उनका है और उनके जीवन की अनमोल धरोहर है ।प्रत्येक भारतवासी के लिए वह **'जन्नत का नजारा'** और **'अनुपम झील'** में डोलता **'दिव्य शिकारा'** है। वैसे विद्वानों और पर्यटकों का यह मत है कि कश्मीर का प्रथम अवलोकन ही, मानव को मोहित ही नहीं अपितु सम्मोहित भी कर देता है।

इसमें रहने वाले और घूमने वाले लोग, इसकी सभी प्राकृतिक संपदाओं में रमकर, अलौकिक आनन्द का आभास करते हैं।

'कश्मीर हमारा है' का संबोधन एवं उद्बोधन करने वाले लोगों एवं समूहों में, ऐसे तमाम विशिष्ट ज्ञानी समीक्षक और इतिहासकार सम्मिलित हैं, जो उसके गौरवशाली तथा गरिमामय इतिहास के मौलिक तत्वों से भिज्ञ हैं। उन्हें कश्मीर के सृजन के संदर्भ में नीलमत-पुराण तथा कल्हण की राजतरंगिनी जैसे प्रामाणिक ग्रन्थों

द्वारा प्रदत्त आख्यान का सार्थक बोध है। उनके अनुसार कश्मीर की घाटी कभी बहुत बड़ी झील हुआ करती थी जिसका पानी कश्यप ऋषि ने निकाला था और उसे एक मनोरम प्राकृतिक स्थल में परिवर्तित कर दिया था। उनके मतानुसार, महर्षि कश्यप के नाम पर ही, इसका नाम कश्मीर पड़ा था किन्तु भौगोलिक भू-गर्भ-शास्त्री, कश्मीर के सम्मोहक प्राकृतिक स्वरूप को, भौगोलिक परिवर्तनों का परिणाम मानते हैं। कश्मीर, दोनों ही अभिमतों के सुधी धारकों की मानसिक धारणा का अहम भाग है।

कश्मीर, अपने गौरवशाली इतिहास के दर्पण में,सदैव विद्या का उत्कृष्ट केन्द्र रहा है। इसकी प्राचीन विद्या परम्परा, संस्कृत की उन्नत ज्ञान परम्परा का सर्वोच्च उदाहरण प्रस्तुत करती है। ईस्वी पूर्व शताब्दी से लेकर मध्यकाल तक, कश्मीर के विभिन्न अनन्य विद्वानों की एक लम्बी सूची है। उसमें पंचतंत्र के रचयिता विष्णु शर्मा, नागसेन, जैज्जट, वाग्भट्ट, भामह, मम्मट, कैय्यट, आनन्दवर्धन, रुद्रट, क्षेमेन्द्र, विल्हण, कल्हण, जल्हण और शारंगदेव जैसे ऐसे काव्यशास्त्री, वैयाकरणों,आयुर्वेदाचार्यों तथा दर्शनाचार्यों का नाम समाविष्ट है, जिन्होंने भारतीय संस्कृति को निरंतर समृद्ध किया है। निश्चित रूप से, कश्मीर अपने अनन्य ऐतिहासिक अतीत के इन महान कालजयी व्यक्तित्वों के समर्थकों एवं अनुयायियों के हृदयों का अनमोल नगीना है।

कश्मीर, शैव दर्शन और उसमें समाविष्ट प्रत्यभिज्ञान-दर्शन का प्रतिष्ठित एवं प्रतिष्ठापित केन्द्र रहा है। शैव दर्शन के अतिरिक्त, कश्मीर बौद्ध दर्शन का भी प्रसिद्ध केन्द्र रहा है। कश्मीर साहित्य की लोक परम्परा की दृष्टि से भी सदैव बहुत संपन्न रहा है। इसके लोक साहित्य में संत वाणी, भक्ति-गीत, प्रेम-गीत, श्रम-गीत, क्रीड़ा-गीत, ललद्यद के वाक प्रसिद्ध हैं। इन सभी वास्तविकताओं के कारण शैव दर्शन के समस्त अनुयायी एवं बौद्ध चिंतन के सभी लौकिक समर्थक भी, कश्मीर के समग्र परिवेश एवं समस्त प्राकृतिक संपदा को अपनी नैतिक एवं आध्यात्मिक शक्ति एवं सामाजिक ऊर्जा का आधार मानते हैं । कश्मीर के शैलों एवं घाटियों के शुद्ध प्रदूषण-मुक्त विन्यास में उन्हें, अपने लौकिक अस्तित्व का बोध होता है।

कश्मीर के परिवेश में, भारत के सभी प्रेमी युगल विचित्र अपनत्व का आभास करते हैं। यह अवश्य है कि गत तीन दशकों में, कश्मीर की पावन रमणीक घाटियों में, आतंकवाद के पदार्पण तथा आतंकी शिविरों के प्रवेश के कारण, उस आकर्षण में काफी कमी आई है। उसके बावजूद, कश्मीर नव-विवाहित भारतीय जोड़ों की प्रथम मिलन रात्रि का सर्वप्रिय गंतव्य है। सभी प्यार करने वाले नवयुवकों और नवयुवतियों के लिए, कश्मीर धरती पर स्वर्ग का साक्षात् स्वरूप है। दांपत्य जीवन की नीरसता को सरस बनाने के लिये भी, कश्मीर को अपना उचित सदन समझने वाले लोगों की संख्या असंख्य है।

'कश्मीर हमारा है' की लौकिक उक्ति के संदर्भों एवं प्रसंगों को ठीक प्रकार से समझने के लिए, उसके इतिहास पर सूक्ष्म दृष्टि डालनी होगी। कश्मीर का प्राचीन विस्तृत इतिहास का सबसे सार्थक स्वरूप, कल्हण की राज तरंगिणी है, जो बारहवीं शताब्दी की रचना मानी जाती है। उस समय तक कश्मीर पूर्ण रूप से हिन्दू राज्य था। सम्राट अशोक के शासन काल में, कश्मीर में बौद्ध धर्म का व्यापक प्रसार अवश्य हुआ था, पर महाराज विक्रमादित्य के नेतृत्व में, छठवीं शताब्दी में पुनः सनातन धर्म की स्थापना हुई थी। ललितादित्य और उसके उत्तराधिकारी अवंतीवर्मन के नेतृत्व में, कश्मीर ने उत्कर्ष को प्राप्त किया। किंतु महारानी कोटा देवी के समय, कश्मीर पर इस्लामी शासकों के आक्रमण ने, कश्मीर के शैलों और घाटियों का परिदृश्य ही बदल दिया। वहीं से कश्मीरी हिन्दुओं (जिनमें अधिकांशतः पंडित थे) के प्रति अत्याचार, उत्पीड़न, हत्या, बलात धर्म परिवर्तन और हिंदू संस्कृति को नष्ट करने का सिलसिला आरम्भ हो गया। यह कहा जाता है कि उस अवधि में घाटी में कश्मीरी पंडितों के कुल ग्यारह घर ही बचे थे। यह कश्मीर के इतिहास का सर्वाधिक काला युग माना जाता है। अठारह सौ चौदह ईसवी में महाराजा रणजीत सिंह ने पठानों को पराजित किया और सिक्ख साम्राज्य की स्थापना की। अंग्रेजी शासन-काल में महाराजा गुलाब सिंह को कश्मीर का स्वतंत्र शासक बनाया गया। भारत की स्वतंत्रता के समय, महाराजा हरि सिंह जम्मू कश्मीर के शासक थे।

भारत की स्वतंत्रता के साथ ही, भारत का विभाजन, पाकिस्तान का कश्मीर पर आक्रमण एवं उसके उपरांत जम्मू और कश्मीर के लिए संविधान के अनुच्छेद 370 का प्रावधान, भारत की दुविधाग्रस्त मानसिक स्थिति, कश्मीर समस्या को बिना किसी कारण के, भारत सरकार द्वारा संयुक्त राष्ट्रसंघ पर ले जाना- इन सब ने कश्मीर को. एक जटिल स्थिति में डाल दिया। स्वतंत्रता प्राप्ति के समय से, घाटी से कश्मीरी पंडितों का पलायन पुनः आरम्भ हुआ जो वर्ष उन्नीस सौ पैंसठ ईसवी और वर्ष उन्नीस सौ इकहत्तर तक चलता रहा। पाकिस्तान द्वारा पोषित आतंकवाद ने अपनी जड़ें कश्मीर में जमाईं जिसका भयावह क्रूर और वीभत्स रूप वर्ष उन्नीस १९९० में सामने आया जिसने मानवीयता की सारी सीमाएँ तोड़ दी। यह भारत विभाजन के बाद की, मानव निर्मित सबसे बड़ी त्रासदी थी। उसके प्रभाव से एक पूरे वर्ग को अपनी जड़ों से उखड़ना पड़ा और उन्मूलित होता पड़ा। हत्या,लूट, बलात्कार, आगजनी, बलात् धर्मपरिवर्तन का जो तांडव रचा गया, वह किसी भी संवेदनशील व्यक्ति को अंदर तक झकझोर देने वाला है। आश्चर्य की बात यह है कि यह सब कृत्य एक सक्षम सरकार, सेना, न्यायपालिका और संविधान के रहते घटित हुआ। इसका सबसे पीड़ादायक पक्ष यह था कि तथाकथित धर्मनिरपेक्ष राजनीतिज्ञों और बुद्धिजीवियों द्वारा इस समस्या को पूर्णतया अनदेखा किया गया। कतिपय भारतीय राष्ट्रवादी संगठनों ने, उस पर देशव्यापी आंदोलन किये तथा कश्मीर मार्च का

आयोजन किया। कश्मीरी साहित्यकार और सामाजिक कार्यकर्ता, जो कश्मीर को अपने जीवन का अभिन्न आधार मानते थे, सम्पूर्ण भारत की यात्रा में मग्न हुए और अपनी त्रासदी से भारतीय समाज को परिचित कराया। किंतु यह एक अत्यंत दुखद यथार्थ है कि उन्हें उतना व्यापक समर्थन नहीं मिल पाया जिसकी उन्हें आशा थी। वांछित समर्थन के अभाव में भी, कश्मीर के साहित्यकारों ने अपनी रचनाओं में कश्मीर की मार्मिक स्थिति का यथार्थ चित्रण किया है। इस संदर्भ में **श्रीमती चंद्रकांता** का उपन्यास '**कथा सतीसर**' एवं **सुश्री क्षमा कौल** का उपन्यास '**दर्दपुर**' विशेष प्रासंगिक हैं, क्योंकि दोनों, कश्मीर के विस्थापितों का प्रभावशाली चित्रण करते हैं। इसी संदर्भ में **उत्तर प्रदेश हिंदी संस्थान** के तत्त्वावधान में **६-७ मार्च २०१८** को '**विस्थापन की त्रासदीःसंदर्भ कश्मीर**' विषय पर आयोजित दो दिवसीय संगोष्ठी विशेष महत्व रखती है। उस संगोष्ठी के उद्घाटन सत्र में **डॉक्टर शशिशेखर तोषखानी** का वह बीज वक्तव्य विशेष विचारणीय है जिसमें उन्होंने कश्मीरी विस्थापन के साहित्य की, मानवीय अनुभव के नवीन आयाम के रूप में व्याख्या की। उनका यह कहना था कि, उन्नीस सौ नब्बे के दशक में, कश्मीर के पंडितों का पलायन, भारत विभाजन के बाद की सबसे बड़ी मानवीय त्रासदी है। डॉक्टर तोषखानी के अनुसार, कश्मीर घाटी के छोटे-बड़े कूटनितिज्ञ(जिनमें शेख अबदुल्ला भी सम्मिलित हैं), अलगाववाद को हवा देने के लिए उत्तरदायी हैं। उनके

मतानुसार, उस अलगाववाद ने, एक पूरी जाति को, कश्मीर से निष्कासित कर दिया। अपनी मिट्टी से बिछुड़ने और उखड़ने का दर्द क्या होता है इसका वर्णन उन्होंने मार्मिकता के साथ किया। उसी क्रम में उन्होंने विभाजन की त्रासदी का उल्लेख करते हुए देश भर के हिंदी रचनाकारों के उस संदर्भ में देर तक सुप्त तथा निष्क्रिय रहने पर कटाक्ष किया। उनकी पीड़ा यह थी कि कश्मीरी पंडितों के निष्कासन पर हिंदी पट्टी के लेखकों में सन्नाटा व्याप्त है। उसी आयोजन के उद्घाटन सत्र में सुश्री चन्द्रकान्ता ने बड़े दर्द के साथ यह उल्लेख किया कि कश्मीर की प्राचीन सांस्कृतिक परम्परा को, वर्तमान समय में, मिटाने का षड्यंत्र हो रहा है, जिसके अंतर्गत, वहाँ के युवकों को प्राचीन समृद्ध विरासत से लगभग पृथक कर दिया गया है। इस लौकिक यथार्थ पर, वर्ष सन् उन्नीस सौ नब्बे ईसवी में कश्मीर-मार्च का नेतृत्व करने वाले **श्री हरेन्द्र प्रताप पाण्डेय** जी का अति विशिष्ट लेख 'कश्मीरियत का सच', प्रकरण पर अतिरिक्त प्रकाश डालता है। उस लेख के प्रारम्भिक अंश में समाविष्ट निम्नांकित काव्य पंक्तियाँ विशेष अवलोकनीय हैं:

"जहाँ केसर की क्यारी में,
बारूद बिछाया जाता है,
जहाँ अमरनाथ की पगडंडी पर,
खून बहाया जाता है।

जहाँ देश के सैनिक पत्थर खाते,
बुरहान बानी इठलाता है,
कैसे कहें ये स्वर्ग है मेरा,
जहाँ से अफजल आता है।"

लेख के अगले परिच्छेद का निम्नांकित अंश भी दुर्लभ सत्य-कथा सुनाता हैः

"१९९० की जनवरी की वे सर्द रातें-बिलखते उजड़ते अपने घरों से बेघर, अपने पूर्वजों और अपनी यादों के घरौंदे को धूँ-धूँ जलते छोड़ एक अनजान सफर पर निकल पड़े थे लाखों कश्मीरी पंडित। अट्ठाईस वर्ष हो गये, बच्चे जवान हो गये और बूढ़े अपने घरों को लौटने की आस लिए दुनिया से अलविदा हो गये।"

लेख में कश्मीर की जनगणना के बोलते आँकड़े प्रस्तुत हैं जो परिस्थिति की गंभीरता सत्यापित करते हैं। संबंधित तालिका यह दर्शाती है कि कश्मीर घाटी से १९७१ से हिन्दुओं और बौद्धों का पलायन शुरू हो गया था। १९७१ में बारामूला जिले में हिंदू जनसंख्या २१२३७ थी जो १९८१ में घटकर २०,१६० हो गयी। यानी बारामूला जिले में १९७१-८१ के बीच में लगभग ६००० हिन्दुओं का पलायन हुआ। इसी प्रकार घाटी में बौद्ध की संख्या में भी काफी कमी आयी है। वर्ष १९७१ में बौद्ध की संख्या १०६५ थी जो १९८१ में घटकर २०७ हो गयी। जनसंख्या वृद्धि दर के अनुरूप २००१ में वह संख्या १७२२ होनी चाहिए थी

पर २०११ में वह संख्या घटकर ७३१ हो गयी। इसका तात्पर्य यह है कि कश्मीर को अपना जैविक सदन मानने वाले अनेक कश्मीरी पंडित और बौद्ध, सदन से विस्थापित हो चुके हैं। घाटी में, कश्मीरी पंडितों और बौद्ध के पलायन के त्वरण के साथ में, ईसाइयों का स्वागत होने लगा। वर्ष १९८१ में घाटी में ईसाइयों की संख्या ४६६ थी जो २०११ में बढ़कर ११८५७हो चुकी है। लेह-लद्दाक क्षेत्र तो विशेष षड्यंत्र का शिकार है। १९७९ में लेह-लद्दाख दो जिला बना नामतः लेह एवं कारगिल। २०११ में कारगिल में मुस्लिम जनसंख्या का प्रतिशत ७६.८७ हो चुका था।

इन सभी संदर्भों के प्रकाश में, **१९ जनवरी १९९०** को कश्मीर घाटी में घटित उस विशेष घटना को देखना चाहिए, जिसके तहत, एक साथ सभी मस्जिदों से, अजान के बदले, दरिंदों ने "**हमें चाहिए आजादी**" तथा "**हम बनायेंगे इसे पाकिस्तान-पुरुषों के बिना महिलाओं के संग**" का उद्‌घोष किया।

भारत की २०११ की जनगणना के अनुरूप, जम्मू कश्मीर के कुल बाईस जिलों में से, मात्र चार जिलों में हिन्दू तथा केवल एक जिले में बौद्ध बहुमत में हैं।शोध-लेख के समापन अंश में विद्वान लेखक ने निम्नांकित शंका व्यक्त की हैः

"जम्बू द्वीपे-भारत खण्डे-देव भूमि-बाबा बर्फानी-माँ वैष्णव देवी" ये शब्द इतिहास न बन जायें।

'कश्मीर हमारा है' का भारत के सच्चे देश-भक्तों के सतत उद्घोष का वर्णन भारतीय संविधान के **अनुच्छेद ३७०** के उल्लेख के बिना निरर्थक होगा। यह अनुच्छेद भारतीय संविधान का एक ऐसा विशेष अनुच्छेद है जो जम्मू और कश्मीर राज्य को सम्पूर्ण भारत में अन्य राज्यों की अपेक्षा विशेष अधिकार और विशेष दर्जा प्रदान करता है। भारत को आजादी मिलने के बाद से लेकर सत्तर वर्षों तक यह अनुच्छेद, भारतीय राजनीति में निरंतर अनेक विवाद उत्पन्न करता रहा है। भारतीय जनता पार्टी एवं राष्ट्रवादी दल इसे जम्मू और कश्मीर में व्याप्त अलगाववाद के लिये जिम्मेदार मानते रहे हैं तथा इसे समाप्त करने की माँग करते रहे हैं। भारतीय संविधान में अस्थाई, संक्रमणालीन और विशेष उप बंद सम्बन्धी भाग 21 का यह अनुच्छेद, पंडित जवाहर लाल नेहरू के विशेष हस्तक्षेप से तैयार किया गया था। इस अनुच्छेद के प्रावधान के अनुसार, भारतीय संसद को जम्मू और कश्मीर के बारे में केवल **'रक्षा'**, **'विदेश मामले'** और **'संचार'** से संबंधित कानून बनाने का अधिकार था। किन्तु किसी अन्य विषय से सम्बन्धित कानून को लागू करने के लिये, केन्द्र को राज्य सरकार का अनुमोदन आवश्यक था। इसी विशेष दर्जे के कारण, जम्मू और कश्मीर पर संविधान का अनुच्छेद ३५६ लागू नहीं होता पाता था । १९७६ का भारतीय शहरी भूमि कानून भी जम्मू और कश्मीर पर लागू नहीं होता था। भारतीय संविधान का अनुच्छेद ३६० जिसके अंतर्गत देश में वित्तीय आपात

लगाने का प्रावधान है, वह भी जम्मू और कश्मीर पर लागू नहीं होता था।

जम्मू और कश्मीर को भारत में विलय करना, भारतीय स्वतंत्रता के तुरंत बाद की बहुत बड़ी भारतीय आवश्यकता बन गयी और उस काम को अंजाम देने के लिये, अनुच्छेद ३७० के तहत कुछ विशेष अधिकार कश्मीर की जनता को उस समय दिये गये थे। उस समय प्रदत्त कुल विशेष प्रावधान की संख्या चौदह है| उनमें **जम्मू और कश्मीर के नागरिकों के पास दोहरी नागरिकता होना, जम्मू और कश्मीर का राष्टध्वज अलग होना, जम्मू और कश्मीर की विधान सभा का कार्यकाल छह वर्षों का होना (जबकि अन्य राज्यों की विधान सभाओं का कार्यकाल पाँच वर्ष होता है), जम्मू और कश्मीर के अन्दर भारत के राष्ट्रध्वज या राष्ट्रीय प्रतीकों का अपमान अपराध नहीं माना जाना, भारत के उच्चतम न्यायालय के आदेश जम्मू और कश्मीर में मान्य नहीं होना, भारत की संसद जम्मू और कश्मीर के सम्बन्ध में अत्यंत सीमित क्षेत्र में कानून बना सकने का प्रावधान होना | जम्मू और कश्मीर की कोई महिला यदि भारत के किसी अन्य राज्य के व्यक्ति से विवाह कर ले तो उस महिला की नागरिकता समाप्त हो जाने का प्रावधान। इसके विपरीत, यदि वह महिला, पाकिस्तान के किसी नागरिक से विवाह कर ले, तो उसे भी जम्मू और कश्मीर की नागरिकता मिल जाने का प्रावधान**

|अनुच्छेद ३७० के कारण, जम्मू और कश्मीर राज्य में 'आर.टी.आई.' और 'सी.एन.जी.' जैसे कानून का लागू नहीं होना |कश्मीर में महिलाओं पर शरियत कानून लागू होना |कश्मीर में पंचायत को अधिकार प्राप्त नहीं होना । कश्मीर में चपरासी को केवल पच्चीस सौ रुपये ही मिलना | कश्मीर में अल्पसंख्यकों(हिन्दू-सिख) को सोलह प्रतिशत आरक्षण नहीं मिलना |अनुच्छेद ३७० के कारण कश्मीर में बाहर के लोग जमीन नहीं खरीद सकने का प्रावधान | अनुच्छेद ३७० की वजह से ही, कश्मीर में रहने वाले पाकिस्तान के लोगों को भी नागरिकता मिल पाने का प्रावधान इत्यादि |

भारतीय संविधान के अनुच्छेद तीन सौ सत्तर द्वारा जम्मू और कश्मीर को प्रदत्त उक्त समस्त विशेषाधिकार एवं विशेष छूट 'कश्मीर हमारा है' के भारतीय उद्घोष को खुलकर आँख दिखाते रहते थे। राजनीतिक समझौते के उस भीषण विष को भारत एवं भारत के वासी सात दशकों तक पीते रहे। उसके परिणाम स्वरूप भारत को उन्नीस सौ पैंसठ का भारत-पाक युद्ध, उन्नीस सौ इकहत्तर का भारत-पाक युद्ध, उन्नीस सौ निन्यानवे का भारत-पाक कार्गिल युद्ध, उरी आघात और पुलवामा आघात जैसे दंश सहने पड़े।

कश्मीर को अपना समझने वाले और उसकी जैविक,सांस्कृतिक एवं बौद्धिक संपदाओं से अपार स्नेह

करने वाले विस्थापित कश्मीरी पंडित, कश्मीरी बौद्ध, देशज ग्रामीण, भोलेशंकर तथा वैष्णव देवी के असंख्य भक्त एवं बरफानी बाबा के उपासक, इन विषम परिस्थितियों से बहुत व्याकुल थे।

भारत की स्वतंत्रता और उसी समय उसके विभाजन से ही,पाकिस्तान के कूटनीतिज्ञों की निगाहें, निरंतर कश्मीर पर टिकी हुई है । आज वह स्थिति 'पाकिस्तान धारित कश्मीर' के यथार्थ तक पहुँच चुकी है। विश्व के अनेक मंचों पर, पाकिस्तान कश्मीर को अपनी संपदा प्रमाणित करने का असफल प्रयास करता रहता है। समय-समय पर इस तथ्य का भी संकेत मिलता जा रहा है कि, कश्मीर को अशांत करने के लिये, वह पिछले तीन दशकों से, परोक्ष रूप में, वहाँ आतंकवाद एवं आतंकवादियों को प्रोत्साहन और संरक्षण प्रदान कर रहा है। इसके परिणामस्वरूप,कश्मीर के कतिपय भागों में, गोपनीय रूप से, आतंकवाद के प्रशिक्षण शिविर आयोजित होते जा रहे हैं।

. भारतीय संविधान में विद्यमान अनुच्छेद ३७० के द्वारा उसे प्रदत्त विशेष स्टेटस के फलस्वरूप, कश्मीर की आम जनता की आबादी के लगभग सत्तर प्रतिशत लोग, कश्मीरियत के मुरीद तो थे पर कश्मीर को भारत से भिन्न एक पृथक देश के रूप में मान्यता देते थे । इस तथ्य का मुझे प्रत्यक्ष आभास, वर्ष १९८२ में आयोजित वानिकी प्रशिक्षण के प्रतिभागियों को कश्मीर शिक्षा भ्रमण

के दौरान हुआ था। उस समय उन सबके बहुत समझाने के बावजूद, वहाँ के लोग उनको विदेश से आया हुआ ही मान रहे थे। बाद में स्थिति लगातार बिगड़ती गयी। घाटी में आतंकवाद फैला जिसके कारण **'कश्मीर की कली' और उसकी 'आरज़ू','रोजा' और 'फिदा' में परिवर्तित हो गयी।** वर्ष १९९९ में कारगिल युद्ध के द्वारा, पाकिस्तान ने पुनः कश्मीर पर अपना दावा प्रस्तुत करने का प्रयास किया। आतंकवादी हमले तो यदा-कदा अपने आतंकी प्रहारों से ,यह संदेश प्रसारित करते ही रहते हैं कि, कश्मीर की घाटी, उन्हीं की लौकिक संपत्ति है। आतंकवादियों द्वारा पुलवामामें भारतीय सी.आर.पी.एफ. के कारवाँ पर किया गया हमला, उसका अद्यतन उदाहरण था। उस आकस्मिक प्रहार ने चालीस भारतीय राजकीय कर्मियों की जान ले ली थी। ऐसे आतंकी प्रहारों से, कश्मीर को सच्चे मन से अपना मानने वाले बुद्धिजीवियों, धर्माचार्यों, शिक्षा-विदों, समाज-सेवकों, साहित्यकारों एवं कलाकारों का संकल्प अवनत होता रहा है। इनके अवनत संकल्पों को उन्नत करने के लिये, भारतीय सरकार ने, कश्मीर घाटी एवं उसके पास-पड़ोस से, आतंकवाद को जड़ से समाप्त करने का संकल्प लिया। समर्पित भारतीय राजनीतिज्ञ को में इस बात का प्रबल आभास हो गया कि त्वरित संवैधानिक कार्यवाही के द्वारा ही कश्मीर के जैविक एवं सांस्कृतिक धरोहरों का सुधी संरक्षण तथा प्रभावशाली संवर्धन सम्भव है। इस संदर्भ में भारत की केन्द्र सरकार द्वारा पाच अगस्त दो

हजार उन्नीस को लिया गया भारतीय संविधान के अनुच्छेद ३७० के सभी प्रावधान हटाने का फैसला , एक ऐतिहासिक फैसला सिद्ध हुआ । इस केन्द्रीय फैसले के अमल में आने के बाद, जम्मू-कश्मीर से विशेष राज्य का दर्जा छिन गया है। अब जम्मू-कश्मीर दिल्ली अथवा पुडुचेरी की तरह विधानसभा संपन्न केन्द्र शासित प्रदेश हो चुका है। लद्दाक को अलग करके विधानसभा रहित सूबे का दर्जा प्राप्त हो हो चुका है। इसके लिए सरकार द्वारा पेश पुनर्गठन बिल भारतीय संसद के दोनो सदनों से पारित हो चुका है। इस अभूतपर्व कार्यवाही से दूरगामी सृजनात्मक परिणाम अपेक्षित हैं। हिंदी के वरिष्ठ पत्रकार शशि शेखर जी के शब्दों में "जम्मू-कश्मीर की अवधारणा पर पुराने कवच की भाँति चस्पा अनुच्छेद ३७० को समाप्त कर केन्द्र की सत्ता ने उस परंपरा को अलविदा कह दिया है, जो पुराने नासूर की मात्र मरहम पट्टी कर राहत की साँस ले लेती थी। प्रधानमंत्री नरेंद्र मोदी और गृहमंत्री अमित शाह ने इस बार मुकम्मल सर्जरी की यह विधि अपनाई है, जिसे अब तक जोखिम भरा माना जाता था।"

कश्मीर को सच्चे मन से अपना मानने वाले हकदारों का यह दायित्व भी है कि वे उसके पुरातन ऐतिहासिक महत्व को आत्मसात करते हुए, उसमें भारतीय गौरव का रेखांकन करें। इस दिशा में जम्मू और कश्मीर में भारत के राष्ट्रीय ध्वज, राष्ट्र गान, राष्ट्र गीत एवं

अन्य सभी राष्ट्रीय धरोहरों के प्रति आदर-सम्मान प्रसारित करना परम आवश्यक है।

. कश्मीर की यशस्वी लेखिका चन्द्रकान्ता के अनुसार **"कश्मीर घाटी को ऋषि वाटिका कहा गया है, संतो, ऋषियों,सूफियों की भूमि! शिवालयों, दार्शनिकों , काव्य शास्त्रियों की तपोभूमि! जिन्होंने अनुपम ग्रन्थ रचकर, भारतीय साहीत्य और संस्कृति को समृद्ध किया। कल्हण पंडित कश्मीर का वर्णन करते राजतरंगिनी में कश्मीर को पृथ्वी का सुंदरतम प्रदेश घोषित करते हैः**

"त्रिलोक्या रत्न सूः श्लाघ्या तस्या धनपर्तेसरित,

तत्र गौरी गुरुः शैलो, यत्तस्मिन्नपि मंडलम।"

देवी पार्वती और हिमालय पर्वत की गोद में बैठा अतुल्य कश्मीर ! तब कल्हण यहाँ के प्राकृतिक वैभव, हिमखंडित पर्वत शिखरों, शीतल जल की छहर-बहर, बहती जलधाराओं, आकाश को दर्पण दिखाती झीलों और सुखद पुरवाई में झूमते चिनार के अप्रतिम सौन्दर्य से अवश्य अभिभूत हुए होंगे। साथ ही केसर सुगंध से महकते इस सुन्दर भूखंड में जन्मे शैवालयों और महान राजाओं की धरोहरें भी उनके संज्ञान में जरूर रही होंगी। इक्कीसवीं सदी के इस वैश्विक दौर में जहाँगीर का फिरदौस, रक्त रंगे रणक्षेत्र में परिवर्तित हो गया है। कश्मीर के वर्तमान का युवा वर्ग उसकी आदि कवयित्री ललद्यद के नाम से अपरिचित है। उस शैवयोगिनी

ललद्यद का, जो कबीर से पहले जन्मी और उनकी जैसी खाँटी भाषा में सांप्रदायिक उन्माद और धार्मिक आडंबरों का विरोध करने का साहस रखती थी, चौदहवीं शती में, जब धर्मांध आक्रमणकारी शासकों ने, शैव, बौद्ध और इस्लाम की साझी विरासतों में पली दो कौमों के बीच भेदभाव की दरारें डाल, दो भाइयों को एक दूसरे का दुश्मन बना दिया था, उस समय ललद्यद ने लोगों को आपसी सौहार्द, सर्व धर्म समभाव और मानवीयता का पाठ पढ़ाया। जिस ललद्यद के मानवतावाद का प्रभाव सूफी संतों पर पड़ा, उस ललद्यद को आज के आतंकी माहौल में विद्यमान युवक नहीं जानता ।उस महान **आदि कवयित्री ललद्यद** को अर्पित **कवि महाराजकृष्ण संतोषी** की 'ललद्यद' शीर्षक कविता की निम्नांकित पंक्तियाँ, विशेष प्रासंगिक हैः

"कहाँ रहती है

ललद्यद आजकल

कश्मीर में

या जम्मू

दिल्ली

अन्यत्र कहीं

....

वह नहीं चाहती

इन गीदड़ों से

मरे हुए शेरों की व्यथा कथा कहना"

'कश्मीर हमारा है' का स्वर बुलंद करने वाले जन समूहों में, वहाँ से विस्थापित लोगों का प्रमुख स्थान है। इस स्वर को डॉ. बीना बुदकी ने अपने 'विस्थापन का दंशःकश्मीर साहित्य' शीर्षक लेख में कुशलता से रेखांकित किया है। लेख का निम्नांकित अंश विशेष अवलोकनीय हैः

"1990 के बाद कवियों की बाढ़ सी आ गयी, जिसे देखो वह कवि बन गया, शायद उसका कारण कवि के अंतर्मन का वह दुःख था, जिसे वह कविता के जरिये कहता था। विस्थापित कवि को अपनी बदहाल आर्थिक स्थिति की उतनी चिन्ता नहीं होती जितनी इस बात की कि उग्रवाद कश्मीरियत के उत्थान का प्रचार तो कर रहा है पर अमल उसका संस्कृति विरोधी है। कश्मीरियत का अर्थ कश्मीर को रंगी कट्टरवाद में रंगना निश्चित कर दिया गया है, जिससे कश्मीर की तमाम सांस्कृतिक विरासत मटियामेट हो जाए। लगता है कि मध्यकाल में कश्मीर को खूँरेजी और लूटपाट से तबाह कर देने वाले मध्य एशियाई लुटेरे 'जूलचू' की पीढ़ी जवान हो गई और अतीत में धार्मिक सहिष्णुता और सही सांस्कृतिक धरोहर के जितने भी मील के पत्थर खड़े किये गये थे उन्हें मिटा के ही दम लेगी।"

कश्मीर को सच्चे मन से अपना समझने वाले के मन की पीड़ा को, **मोती लाल साकी** की निम्नांकित पंक्तियाँ, प्रभावशाली रूप से अभिव्यक्त करती हैः

"कब तक रखे रहते साहस बटोर कर,
करुणा के सहारे किस की रहे आते?
आज बढ़ गई प्यास खून की 'मिहिर कुल्य' की,
जवां हो गई है अब 'जुलचू' की पीढ़ी यह
सूख गया है 'ललदादी' की चंद्र सी कलाओं का
शेखुल आलम निकल भागा है 'चार' से
काँपने लगी है अब रूह ए बडशाह
'कुदगोजवारी' की गर्दन तोड़ी ही थी
हो गया वितस्ता का पानी बदरंग
कभी सुबह होगी कोई सुबह होगी।"

'कश्मीर हमारा है' का दावा करने वाले लोगों का प्रकरण, उपन्यास 'कथा सतीसर' के उल्लेख के बिना अधूरा होगा। वरिष्ठ साहित्यकार चंद्रकांता का यह कालजयी उपन्यास, एक ऐसी वृहत कथा-रचना है, जो कश्मीर के समर्थकों एवं विस्थापितों के दर्द का रेशा-रेशा उघाड़कर, हमारे सामने रखती है। इस उपन्यास का रचना-फलक बहुत विस्तीर्ण है। सन् १९३१ से २००० तक लगभग सत्तर

वर्षों में, कश्मीर में हुए हलचलों और परिवर्तनों को, कथा-लेखिका ने बहुत प्रमाणित रूप में सामने रखा है तथा आज की कश्मीर-समस्या के कारणों की जड़-मूल से पड़ताल की है। यह उपन्यास, कश्मीर के उद्भव से लेकर कश्मीरियत के निर्माण और फिर उसी कश्मीरियत की पूँछ भर रह जाने की व्यथा-कथा से समाविष्ट है। कश्मीर को अपना मानने और समझने वाले लोगों के लिए इस उपन्यास का पठन-पाठन अपरिहार्य है।

कश्मीर से अनेक बुद्धिजीवियों के विस्थापन के दो दशक पूर्व ही, हिंदी कविता के प्रतिनिधि कवि मोहन निराश वह कह गये, जो १९८९-90 में घटा। सन् १९७१ में 'एक अपरिचित आकाश' काव्य संकलन में प्रकाशित 'शब्द बासी हो गये' कविता का वह अंश, विशेष ध्यान देने योग्य है जिनमें आतंकवाद एवं सामूहिक विस्थापन का पूर्वाभास होता है-

"शब्द बासी हो गये
सब अर्थ बासी हो गये
हर बात बासी हो गयी
हम स्व घर में ही प्रवासी हो गये
स्वर्ग में रहकर सभी हम स्वर्गवासी हो गये।
इस हमारी उम्र के दिन
रात

बासी हो गयी

हर बात बासी हो गयी।"

घाटी की बदलती परिस्थिति से कवि कैसे तटस्थ रह सकता था क्योंकि उसने तो वैसी स्थिति का पहले से ही आकलन किया था। प्रतिष्ठित कवि तथा **लेखक डॉ. रतन लाल शान्त** द्वारा सितम्बर 1989 में रची गयी कविता के अंश यहाँ द्रष्टव्य हैंः-

"हुक्म हुआ सन्नाटा हो

सावधान, धड़कन न हो,

मकान हो, घर न हो

अँधियारा हो, चीन्हने का उपक्रम न हो

अपनी भी हो परछाई

दरवाजे से लौटा दो।"

'कश्मीर हमारा है', कश्मीरी घाटियों और शैलों पर नियमित निवास करते, समर्पित भारतवासियों का उद्बोधन होने से अधिक, वहाँ से विस्थापित उन बुद्धिजीवियों का भी नैतिक दावा है, जो उससे दूर रहकर भी, पल-पल कश्मीर को अपने पास होने का आभास करते हैं। किंतु किसी भी दशा में, उनका संकल्प, आतंकवादियों एवं

अलगाववादियों के उन झूठों दावों से पृथक है जिसे भारत के सतत आक्रमणशील पड़ोसी, लगातार हवा दे रहे हैं। भारतीय प्रशासकों की, इन सभी दावों पर सतत सजग दृष्टि होना परम आवश्यक है। कश्मीर एवं उसके अधिकृत वासियों की सुरक्षा हेतु भारतीय सेना तथा सीमा सुरक्षा बलों का निरन्तर सजग एवं तैयार रहना अपरिहार्य है। पाँच एवं छह अगस्त, २०१९ को भारतीय संविधान के अनुच्छेद तीन सौ सत्तर के विशेष प्रावधानों को समाप्त करने की भारतीय संसद द्वारा संपादित सार्थक एवं प्रभावशाली कार्यवाही, इस दिशा में एक ठोस एवं यादगार कदम है। इसके परिणाम कश्मीर को पुनः उसको पारंपरिक गौरव और अलौकिक सम्मोहन प्रदान करने को संकल्पित हैं।

मानव जीवन में पौराणिक कथाओं एवं मिथकों का महत्व

पौराणिक कथाओं और पौराणिक साहित्य का मानव जीवन पर प्रभाव एवं महत्व अत्यंत व्यापक है |समाज एवं साहित्य के अधिकांश स्वरूपों में, उनका सदा विशेष योगदान होता है | सरल एवं सहज रूप में नैतिकता, मानवता और आदर्शों की मनोरंजक प्रस्तुति, उन्हें कालजयी एवं अनमोल बनाती है | प्रचलित भाषा शैली में उन्हें 'मिथक' अथवा 'फेबिल्स' के संबोधन से भी पुकारा जाता है | उन स्वरूपों के विवरण एवं विश्लेषण से पूर्व, 'मिथक' शब्द के आंतरिक अर्थ का बोध होना, परम आवश्यक है |'मिथक' शब्द को सरल स्वरूप में, अंग्रेजी शब्द 'मिथ' के हिन्दी रूपांतरण के रूप में, समझा जा सकता है | अंग्रेजी शब्द 'मिथ', यूनानी भाषा के मौलिक शब्द 'म्यूथोस' से बना है | सभी मानक शब्दकोशों में 'मिथ' को तीन भिन्न मौलिक भावों के रूप में प्रस्तुत किया गया है | इनमें सबसे अधिक प्रचलित है लोगों के पारंपरिक इतिहास से संबंधित पारंपरिक कथा अथवा किसी नैसर्गिक या सामाजिक सत्य को उजागर करती हुई पारंपरिक कथा | इसके अलावा दो अन्य भावार्थ हैं 'बहु जन द्वारा मान्य किन्तु गलत विश्वास या धारणा' और 'एक काल्पनिक व्यक्ति अथवा वस्तु' |

किसी भी भाषा के साहित्य में, स्वप्न एवं यथार्थ का निरंतर समावेश होता रहता है| यथार्थ कोरे सत्य नहीं होते और स्वप्न मात्र कल्पना नहीं होते | अति पुरातन सत्य अथवा यथार्थ, प्रायः काल्पनिक अथवा अविश्वसनीय प्रतीत होने लगते हैं| स्वप्न एवं यथार्थ में पारस्परिक रूपांतरण भी होता रहता है, जो साहित्य को संचालित एवं संचारित करता हुआ मानव जीवन को प्रभावित करता रहता है | पौराणिक कथाएँ एवं साहित्य, इन्हीं रूपांतरों एवं परिवर्तनों से उत्पन्न सतत भाव बिंब हैं |

यहाँ पर कतिपय वैश्विक पौराणिक कथाओं का उल्लेख प्रासंगिक है | **'कौआ और कोयल'** , **'साधु और शैतान'** , **'रॉबिनहुड के रोमांचक अभियान'** , **'शेर और गीदड़'**, **'अन्द्रोक्लीस और शेर'** , **'प्लूटार्क के जीवन चित्र'** , **'डाकू और संत'** इत्यादि जैसे अनेक कथानक मन में उभरते हैं| **विष्णु शर्मा** के **पंचतंत्र की कहानियाँ** और **एसोप** के **'फेबिल्स'** के मिथक भी उनका जैविक स्वरूप हैं| इन सभी पौराणिक कथाओं में मानव आचरण के आदर्शों एवं नैतिक मूल्यों का गहन आधार समाविष्ट होता है| **'कछुआ और खरगोश'** का कथानक तो एक ऐसा कालजयी आधार है जो भिन्न-भिन्न माध्यमों से प्रस्तुत होकर अपना यह विशिष्ट सन्देश प्रसारित करता है कि सतत संयमित प्रयास सदैव त्वरित असंयत प्रयास से अधिक श्रेष्ठ होता है| हज़ारों वर्षों बाद भी उसका उन्नत नाट्य मंचन, दर्शकों के मन को रोमांचित कर देता है| उसी कथानक के आधार पर वर्ष

उन्नीस सौ तिरासी में प्रदर्शित चलचित्र 'कथा' दुनिया भर में अपने कलात्मक मूल्य हेतु बहुचर्चित एवं सम्मानित हुई। 'द ट्रोजन हॉर्स' अथवा 'काठ का घोड़ा' नामक यूनानी पौराणिक कथा तो अनेक उपन्यासों और महाकाव्यों का आधार है। ऐसी कथाएँ बहुत अनमोल होतीं हैं क्योंकि नैतिक आदर्श प्रस्तुत करने के अतिरिक्त ये ऐसे कालजयी समाधान और सारगर्भित विचारधारा भी प्रस्तुत करती हैं जो मानव समाज को युग-युगांतर तक काम आते हैं। अनेक ऐसे अनमोल सृजन तो मानव के मन से कतिपय गहरे अंधविश्वास को दूर करते हैं।**'पुरुषार्थ का फल'** नाम से प्रचलित बालक विष्णुगुप्त(चाणक्य) से संबंधित कथा, भविष्यवाणियों पर गंभीर प्रश्न-चिह्न लगाती ऐसा सृजन है जो उसके पाठक की आँखें को खोलने की क्षमता रखता है। इस प्रकार का पौराणिक साहित्य ज्ञान और प्रज्ञा प्रदान करते हुए, पाठक को सजग और सचेत भी करता है। महा-मानवों और इष्ट-स्वरूपों के जीवन कर्म से ऐसी अनेक कथाएँ प्रचलित होती हैं। इसी प्रकार महासंग्राम और महाप्रलय के कथानक भी इनमें संचित और सुविचारित होते हैं। उदाहरणार्थ 'समुद्र मंथन' का बोध एक कालजयी यथार्थ का बोध कराता है।उसमें शिव शंकर का सहर्ष विषपान करते हुए नीलकंठ बनता स्वरूप, लोक कल्याण की ऐसी लहर उत्पन्न करता है, जो सारे विश्व समुदाय को सत्कर्मों हेतु प्रेरित करता है। भगवान गौतम बुद्ध ,भगवान महावीर, पुरुषोत्तम भगवान श्री राम, भगवान श्री कृष्ण, पैगंबर ईसा मसीह,पैगंबर

मुहम्मद इत्यादि से संबंधित अनेक लौकिक प्रसंग पौराणिक साहित्य के उत्तम प्रतीक हैं| ये सब समय के प्रवाह से सृजित ऐसे मिथक हैं जो अनेक कालजयी उपन्यासों और महाकाव्यों का आधार बनकर, मानव को निरंतर नव प्रेरणा और नवीन उत्साह प्रदान करते हैं |समय के साथ इनमें आंशिक पारिस्थितिक संशोधन भी होता रहता है जो इन्हें नया स्वरूप प्रदान करता है |

प्राचीन युग के तीनों महान यूनानी दार्शनिक नामतः **सुकरात, प्लेटो** और **अरस्तू** के जीवन और दर्शन ने भी ऐसे पौराणिक साहित्य का जनन किया जो आज भी मिथक के रूप में जाना पहचाना जाता है| ईसा पूर्व के महान वैज्ञानिक 'आर्कीमेडीस' का रोमांचकारी स्वरूप और उनका 'यूरेका ...यूरेका' का मुक्त उच्चार भी अमोल साहित्यिक निधि है| गौतम बुद्ध के जीवन से संबंधित जातक कथाएँ और सम्राट प्रियदर्शी अशोक के हृदय परिवर्तन से संबंधित प्रसंग भी उनके उत्तम स्वरूप हैं जो कतिपय ऐतिहासिक संकेत देने के साथ ही सदाचार और मानक लोक आचार के संदेश प्रसारित करते रहते हैं| महाभारत के महायुद्ध और ऐतिहासिक कलिंग युद्ध से भी अनेक पौराणिक कथाएँ जुड़ी हुई हैं जो विभिन्न स्वरूपों में उभरती रहती हैं| यशस्वी उपन्यासकार **आचार्य चतुरसेन शास्त्री** और प्रसिद्ध कलमकार **गुरुदत्त** की अनेक कृतियाँ ऐसी ही पौराणिक लोक कथाओं पर आधारित हैं |

बारहवीं शताब्दी में, चन्द बरदाई द्वारा रचित पृथ्वीराज रासो ने, हिंदी खड़ी बोली में प्रथम प्रतिमान सृजित करते हुए, ऐतिहासिक तथ्यों के आधार पर, विशिष्ट मिथक स्थापित किए थे| पृथ्वीराज की वीरता, उनकी युद्ध-कौशल प्रवीणता, जयचंद का निंदनीय देशद्रोह, पृथ्वीराज-संयोगिता प्रेम प्रसंग, संयोगिता स्वयंवर इत्यादि से संबंधित अनेक मिथक, उसके स्पष्ट उदाहरण हैं| इन सभी मिथकों ने, अनेक अविस्मरणीय नव-सृजन को प्रेरित करते हुए, हिन्दी साहित्य को समृद्ध किया है| अमीर खुसरो के जीवन दर्शन और उनके मन में समाई निजामुद्दीन औलिया के प्रति गहन आस्था ने भी, अनेक स्वप्नों तथा कल्पनाओं को जन्म दिया था| खुसरो की पहेलियों, तरानों , कसीदों एवं कव्वालियों ने उनमें विशेष स्थान प्राप्त किया| आज अमीर खुसरो का रूप-स्वरूप, जन मानस में, एक अनन्य मिथक के रूप में स्थापित है| उनकी गहन गुरु-भक्ति, उनका सृजन लीन पागलपन एवं उनका परम मुक्ति को समर्पित जीवन का अंतिम भाग, आज की पीढ़ी को, असंभव कृत्य के समान लगता है| भक्ति आंदोलन के दौर में कबीर, सूर, तुलसी एवं नानक के सृजन ने, विशिष्ट मिथकों को आधार बनाया| कबीर ने, भौतिकवाद और अध्यात्म के सतत सामाजिक संग्राम को, अमरत्व प्रदान किया| समय के साथ, कबीर का जन्म और उनकी मृत्यु भी, दो विशिष्ट मिथकों में परिवर्तित हो गये | सूरदास के अंधेपन का रहस्य, उनके द्वारा 'खंजन पक्षी' का प्रतीकात्मक प्रयोग एवं उनकी अनन्य कृष्ण-

भक्ति, कल्पनाओं के अनेक बंधन भंग करती गयी | तुलसीदास के राम चरित मानस ने, भगवान राम से संबंधित, अनेक मिथकों को स्थापित किया| पुरुषोत्तम राम द्वारा स्वयंवर में अनुपम शिवधनु का भंग, सीता का धरती पर जन्म, रावण का तप एवं बल, कुम्भकर्ण के शयन का दीर्घ काल, मेघनाथ का शक्ति-बाण, हनुमान का अतुलित बल, नल-नील का उन्नत **अभियन्त्रण** ज्ञान , राम सेतु का निर्माण , सीता-हरण तथा सीता की अग्नि-परीक्षा , सीता का धरती में समाते हुए विस्मयकारी अंत इत्यादि जैसे विशिष्ट मिथक, हिन्दी साहित्य के साधकों एवं सृजन कर्ताओं को, सदैव प्रेरित करते रहते हैं| मानस साहित्य पर शोध आज भी सक्रिय है और निरंतर नूतन स्तरीय हिन्दी ग्रंथों को जन्म दे रहा है जिनमें उपन्यास, खंड-काव्य और महाकाव्य भी सम्मिलित हैं| गुरु नानक का रूप और प्रयोग भी , अनेक दिव्य स्वरूपों में, हिन्दी साहित्य को विकसित करता जा रहा है| मीराबाई की अनन्य कृष्ण-भक्ति भी, अनेक कथाओं एवं कल्पनाओं को अंगीकृत करती रही| मीरा के भजन और उनके करुणामय अंत ने, हिन्दी साहित्य को सदा नए आयाम दिये हैं| उन्नीसवीं शताब्दी में अमर कथाकार देवकी नन्दन खत्री ने अपने उपन्यास 'चन्द्रकान्ता' द्वारा अनेक मिथकों को कालजयी स्वरूप प्रदान कर दिया गया| द्विवेदी युग में, राष्ट्रवाद और सामाजिक सुधार से संबंधित अनेक कल्पनाओं को स्थान मिला| जयशंकर प्रसाद की कामायनी ने 'महाप्रलय', 'मनु', 'श्रद्धा' और 'इड़ा' के,

पारंपरिक मूल्यों का प्रयोग किया | मैथिली शरण गुप्त ने भी अनन्य मिथकों का प्रयोग किया, जिनमें 'साकेत' में 'उर्मिला' की वेदना और भारत-भारती में, भारत गौरव का बखान प्रमुख हैं| इस प्रकार विशिष्ट पौराणिक कथाओं का प्रभावशाली साहित्यिक प्रयोग करते हुए, इन दोनों महान रचनाकारों ने, 'कामायनी' और 'साकेत' जैसी उन्नत तथा उत्कृष्ट कृतियों का सृजन किया| राम-कथा के समान ही, कृष्ण-कथा ने भी, कर्म की सकारात्मक ऊर्जा तथा रास के भौतिक एवं आध्यात्मिक स्वरूप प्रस्तुत करते हुए, कालजयी साहित्य सृजित किया है| यहाँ पर वरिष्ठ हिन्दी कथाकार हनुमान प्रसाद शर्मा (जो लेखन जगत में मनु शर्मा के नाम से प्रसिद्ध हैं) की कालजयी कृति 'कृष्ण की आत्मकथा", उत्कृष्ट हिन्दी साहित्य सृजन का अद्यतन उदाहरण है| यह अनमोल साहित्यिक कृति आठ अनूठे ग्रंथों की मूल्यवान श्रृंखला है,नामतः'नारद की भविष्यवाणी', 'दुरभि-संधि', 'द्वारका की स्थापना' , 'लाक्षागृह' , 'खांडव डाह' , 'राजसूय यज्ञ', 'संघर्ष' एवं 'प्रलय' | इस कृति में कृष्ण के अनगिनत आयामों का प्रभावशाली प्रस्तुतीकरण हुआ है| इसमें कृष्ण को उनकी संपूर्णता और समग्रता में उकेरने का सफल प्रयास किया गया है| किसी भी भाषा में, कृष्ण के चरित्र को लेकर इतने विशाल और प्रशस्त कैनवस का प्रयोग नहीं किया गया है| वास्तव में 'कृष्ण की आत्मकथा' एक उपनिषदीय कृति है | इससे अनेक दशकों पूर्व, आचार्य चतुरसेन शास्त्री के अनूठे उपन्यास 'वयं रक्षामः' में लेखक ने संस्कृतियों में

परस्पर संघर्ष और रावण के व्यक्तित्व से संबंधित मिथकों का उन्नत प्रयोग करते हुए,एक अद्वितीय कृति का सृजन साकार किया था| उनके उपन्यास 'वैशाली की नगरवधू ने, 'आम्रपाली' से संबंधित मिथक का प्रयोग करते हुए, एक अमूल्य कालजयी कृति को जन्म दिया| रामधारी सिंह दिनकर की विराट कल्पना ने, 'उर्वशी' से संबंधित सभी पौराणिक कथाओं का प्रयोग करते हुए, 'उर्वशी' जैसी अनन्य कृति का सृजन किया गया |

हिन्दी साहित्य का जन्म, देव-भाषा संस्कृत के अवदानों का सदैव आभारी रहेगा| सूद्रक के संस्कृत नाटक 'मृच्छकटिकम' ने 'वसंतसेना' और 'चारुदत्त' के मिथक का भरपूर प्रयोग किया | कालिदास के 'अभिज्ञान शाकुंतलम' ने 'राजा दुष्यंत' के प्रेम , 'शकुन्तला' के सौंदर्य , 'ऋषि दुर्वाशा' के क्रोधी अस्तित्व और 'भरत' के उत्थान को, कोण-कोण में संचारित किया | महाभारत के अनूदित स्वरूप ने, कृष्ण के विराट रूप और गीता के अनमोल कथन को, कल्पना मिश्रित यथार्थ के रूप में स्थापित किया| कृष्ण द्वारा काली नाग का वध, क्रूर कंस का वध और पूतना वध, जन मानस में प्रचलित हो गया | कर्ण की दानवीरता, एकलव्य की गुरु–भक्ति, जन मानस में स्थापित हो गयी| भीष्म प्रतिज्ञा का प्रभाव, मिथक के रूप में संचारित होता रहा| अनेक हिन्दी निबंधकारों, कवियों, कहानीकारों और उपन्यास लेखकों द्वारा अपना सृजन, इन भावों तथा पात्रों पर केंद्रित किया गया |

मिथक सामान्यतः, ऐसी कथाओं के रूप में विद्यमान होते हैं जो मानव मानस में उभरते मौलिक एवं जटिल प्रश्नों का समाधान करते हैं जैसे 'मैं कौन हूँ और क्या हूँ' , 'मैं कहाँ से आया हूँ' , ' मैं यहाँ क्यों आया हूँ' , 'हमें कैसे रहना चाहिए' 'जीवन के लिए कौन सा कर्म सही है' , 'सृष्टि क्या है ', 'सृष्टि का प्रारंभ कैसे हुआ' इत्यादि | मिथकों को मूलतः छः वर्ग प्रकारों में विभाजित किया जा सकता है नामतः महान व्यक्तियों एवं व्यक्तित्वों द्वारा उत्पन्न मिथक, अच्छाई और बुराई द्वारा सृजित मिथक , बड़े छोटे पशुओं द्वारा उत्पन्न मिथक, वृक्षों एवं वनस्पतियों से संबंधित मिथक, सागर/सरिता /वायु /पवन से संबंधित मिथक एवं दानवों /भगवानों एवं पारलौकिक जीवों अथवा शक्तियों से संबंधित मिथक | इनके बीजों एवं अंकुरों का प्रवेश, अति गहन होता है| अतः साहित्य की अधिकांश अनन्य एवं उत्कृष्ट कृतियाँ , मिथकों के भावों एवं तथ्यों पर आधारित होती हैं |

हिन्दी साहित्य के प्रारम्भ के इतिहास से भी, कुछ विशिष्ट मिथक संबद्ध हो गए हैं| इस सम्बन्ध में 'सरहपाद' का नाम प्रासंगिक है | डॉ. राम कुमार वर्मा ने सरहपाद को हिन्दी का प्रथम कवि माना है| राहुल सांकृत्यायन ने सरहपाद को बौद्ध धर्म के सहजयान के कुल चौरासी सिद्धों में से, दस सबसे प्रभावशाली सिद्धों में सम्मिलित किया है| उन दस शिष्यों में सरहपाद का नाम सर्वप्रथम आता है |राहुल जी ने, सरहपाद के नाम से, हर ग्रन्थ की चर्चा की है, जिनमें 'दोहा कोष नीति' , 'दोहा

कोश नाम चर्चा नीति' , 'दोहाकोशोपदेश नीति' , 'क-ख दोहा नाम' , 'क-ख दोहा टिप्पणी' , 'काय कोशामृत गीति' , 'वाक कोष रुचिर स्वर ब्रज्गीति' , 'चिन्तकोशा' , 'कायवाक चितामन सिकार' , 'दोहा कोश महामुद्रोपदेश', 'द्वादाशोंपदेश गाथा' , 'स्वाधिष्ठान क्रम' , 'तत्वोपदेश शिखर गीतिका' , 'भावना दृष्टिचर्या फल दोहा गीति' , 'वसंत तिलक दोहा', और 'महा मुद्रोपदेश व्रजगुह्य संगीति' शामिल हैं| इन ग्रंथों में, सरहपाद के सहजयान के सिद्धांत एवं विचार, प्रचुरता से वर्णित हैं| वस्तुतः, ये सारे दुर्लभ ग्रन्थ, साहित्यिक एवं ऐतिहासिक यथार्थ होने के अतिरिक्त , अपने आप में अनन्य तथा भिन्न मिथक हैं | सरहपाद का, अति विशिष्ट साहित्य रूढ़ियों और आडंबरों का वह सकारात्मक विरोध है, जिसे भक्ति काल में कबीर ने सृजन आधार बनाया|कृष्ण भक्ति के मूल में विद्यमान प्रवृत्ति मार्ग भी, उसी के प्रभाव की देन है| वस्तुतः सरहपाद ने एक महान प्रगतिशील चिंतक के रूप में धर्म, दर्शन, समाज, भाषा एवं साहित्य के क्षेत्र में, नई क्रांति और मानव-धर्म का मार्ग प्रशस्त किया | उनका जन्म सातवीं सदी के अंतिम दशक में बिहार राज्य के राज्ञी कस्बा के एक ब्राह्मण परिवार में होना अधिकांश विद्वानों द्वारा स्वीकार किया गया है | डॉ. राम प्रसाद सिंह ने अपने काव्य खंड सरहयाद(मगही में) सरहपा के जीवन वृत्त के साथ उनके लोकधर्मी सिद्धांतों एवं कर्म-मूलक मानव-धर्मी स्वरूपों का विस्तार से वर्णन किया है | वास्तविकता यह है कि, हिन्दी के प्रथम आदि कवि

सरहपद का व्यक्तित्व, एक मिथक बनकर, अनेक समर्पित सृजन कर्ताओं को प्रेरित और उत्प्रेरित कर चुका है|

अनेक यथार्थ एवं यथार्थवादी चरित्र , समय के अति दीर्घ अंतराल के उपरान्त मिथक के रूप में स्थापित हो जाते हैं| हिन्दी साहित्य के कुछ पात्र तथा कृत्य मिथक बन चुके हैं और सदियों से सार्थक साहित्य के सृजन को प्रेरित और उत्प्रेरित कर रहे हैं उदाहरण के लिए पुरुषोत्तम राम, लक्ष्मण, भारत, हनुमान, रावण, मेघनाथ, नल-नील, बालि-सुग्रीव, जटायू, मंदोदरी, सीता, राजा दशरथ, राजा जनक, परशुराम, कैकेयी, मंदोदरी, केवट गुहा, कुम्भकर्ण, विभीषण, ब्रह्मा, शिव, इंद्र, राजा दुष्यंत, शकुंतला, भारद्वाज मुनि, श्रृंगी ऋषि, गौतम बुद्ध, महावीर स्वामी,सम्राट अशोक,कबीर, सूरदास, तुलसीदास, गुरु नानक, महान गायक तानसेन, गायक बैजू बावरा, सिकंदर और पोरस, महाभारत, रामायण, ईसा पूर्व का प्रसिद्ध कलिंग युद्ध इत्यादि| भावी काल की कल्पना करते हुए, यदि महात्मा गाँधी के विराट व्यक्तित्व पर विचार किया जाए, तो महान वैज्ञानिक अल्बर्ट आइंस्टीन का वह अनमोल उद्धरण याद आता है "आने वाली पीढ़ियों बहुत मुश्किल से यह विश्वास करेंगी कि हाड़-मांस का बना ऐसा आदमी, कभी वसुधा पर चला भी था |" उस अनमोल कथन का यह सीधा संदेश है कि भावी पीढ़ियों के लिए महात्मा गाँधी, एक अनन्य मिथक के रूप में स्थापित हो जायेंगे | वैसे अकबर-बीरबल का युग्म तो, मिथक बन ही

चुका है और अनेक हिन्दी सर्जकों एवं पाठकों की, प्रिय कथावस्तु हो चुका है| महाराणा प्रताप और चेतक, साहित्यिक मिथक बनकर 'हल्दीघाटी' जैसे अनुपम सृजन को साकार कर चुके हैं | राणा का भाला भी एक विशिष्ट मिथक का गौरव प्राप्त कर चुका है | छत्रपति शिवाजी और रानी लक्ष्मीबाई से संबद्ध तथ्य एवं प्रसंग भी, मिथक की ख्याति प्राप्ति की ओर अग्रसर हैं | समय के साथ, हिन्दी साहित्य में, मदर टेरेसा को भी मिथक स्वरूप प्राप्त हो जाएगा, ठीक उसी प्रकार जैसे, फ्रेंच भाषा के साहित्य में,संत जोन को प्राप्त हो चुका है |

कुछ पौराणिक कथाओं अथवा अति प्राचीन लोक कथाओं के कथानकों एवं पात्रों ने, मिथक का स्वरूप प्राप्त कर लिया है जैसे 'रानी और लालपरी' , 'दानवीर कर्ण', अलीबाबा और चालीस चोर' , 'गुरु भक्त आरुणी' , 'भक्त प्रह्लाद' , 'श्रवण कुमार की कथा', 'महाप्रलय', 'सत्यवादी राजा हरिश्चंद्र' , इत्यादि | इन कथाओं ने सदैव कालजयी कथाओं, उपन्यासों तथा प्रबंध काव्यों के सृजन को प्रेरित किया है और करते भी जा रहे हैं |

उक्त के अतिरिक्त, कुछ कालजयी हिन्दी कृतियों के पात्र भी, मिथक बन चुके हैं| उदहारण के तौर पर, मुंशी प्रेमचंद के उपन्यास गोदान का बेबस किसान 'होरी', उसकी पत्नी 'धनिया' और उसका पुत्र 'गोबर', धर्मवीर भारती के उपन्यास 'गुनाहों का देवता' के 'चंदर' और 'सुधा', भगवती चरण वर्मा के उपन्यास 'चित्रलेखा' की

'चित्रलेखा', 'बीजगुप्त', कुमारगिरी, 'श्वेतांक' तथा 'विशालदेव', फणीश्वर नाथ रेणु की कथा 'मारे गए गुलफाम' का नायक 'हीराराम', दिनकर के उर्वशी की 'उर्वशी', निराला का 'भिक्षुक' तथा 'बेटी सरोज', जयशंकर प्रसाद की कामायनी के 'मनु','श्रद्धा' एवं 'इड़ा' इत्यादि |

हिन्दी के अलावा, अन्य भाषाओं के साहित्य के अनन्य पात्र भी, मिथक के रूप में, हिन्दी साहित्य में स्थापित हो चुके हैं| भारत की अन्य भाषाओं में से, बंगाली साहित्य के पात्र 'देवदास' और 'श्रीकांत' , उर्दू साहित्य के 'मीर' और 'ग़ालिब' , अंग्रेजी के 'राजू गाइड' और 'तेनाली रामा' और संस्कृत साहित्य के 'कालिदास' और 'विद्योत्तमा' इनके उल्लेखनीय उदहारण हैं | विदेशी भाषाओं के साहित्य से सम्बंधित मिथक पात्रों में, 'सिंदबाद' , 'सैमसन' , 'हेलेन ऑफ़ ट्रॉय', 'बेनहर', 'मैकबेथ', 'हैमलेट' , 'ऑथेलो' , 'सीज़र' , 'अंटोनी' एवं 'ब्रूटस' जैसे पात्रों का उल्लेख किया जा सकता है |

समय के प्रवाह के साथ, साहित्य में स्थापित मिथक का स्वरूप तथा उनकी साहित्य-सृजन में प्रयोग-पद्धति परिवर्तित होती है | स्थापित मिथक टूटते भी हैं| इसका सबसे उत्तम उदाहरण है, हिन्दी साहित्य में 'चन्दा मामा' से संबंधित कहानियों का मिथक, जिसे वर्ष उन्नीस सौ उनहत्तर के इक्कीसवें दिवस, नील आर्मस्ट्रांग के चन्द्रमा सतह पर पड़े, पहले मानव कदम ने, ध्वस्त कर

दिया | कुछ ही वर्ष पूर्व, 'ग्रेविटी वेव्स' के मिथक को भी कुछ वैज्ञानिकों के सफल प्रयोग ने भंग किया|

विश्व के सभी साहित्य स्वरूपों में अनेक पौराणिक कथाओं ने सकारात्मक योगदान दिया है | चाहे बाइबिल से संबंधित भावनाओं के प्रसंग हों अथवा यहूदी धर्म से संबद्ध भविष्यवाणियाँ हों, पौराणिक साहित्य, गद्य को नवीन प्रवाह और पद्य को नव प्रेरणा, नवनीत रोमांच और रोमांचक रहस्य प्रदान करते हुए मानव समाज को विवेकशील और चिंतनशील बनाता है | समाज में स्थापित पौराणिक कथाओं ने, अविस्मरणीय पात्रों और अनन्य कथानकों को जन्म देते हुए, साहित्य को समृद्ध किया है |समय के साथ मिथक परिवर्तित होकर साहित्य में स्वप्न और यथार्थ के मध्य सृजनात्मक सेतु निर्माण करने का महत्वपूर्ण कार्य करते हैं| पौराणिक साहित्य के उन्नत स्वरूप, साहित्य के संपोषित विकास और मानव के मानसिक उत्थान के द्योतक और उत्प्रेरक हैं| अनेक संस्कृतियों की धारा इन्हें प्रभावित और प्रवाहित करती है|

अभिशप्त अमरत्व का विस्मयकारी प्रतीक-अश्वत्थामा

अश्वत्थामा ! महाभारत की महाकथा का एक ऐसा विस्मयकारी पात्र, जिसका पारंपरिक अस्तित्व 'अश्वत्थामा मारा गया' की शब्दावली से उत्पन्न भ्रम में निहित है | किन्तु वास्तविकता यह थी कि वह नहीं मरा था अपितु उसके नाम के एक हाथी की मृत्यु हुई थी| उसे तो जन्म से ही अमरत्व का वरदान प्राप्त था| ऐसी मान्यता है कि वह आज भी जीवित है किन्तु किसी अज्ञात लोक के अँधेरों में गुप्त एवं अदृश्य है | कुछ वर्ष पूर्व जब भारत के एक भाग में, पुरातत्व संबंधी खुदाई के दौरान एक ऐसा कंकाल मिला जो आम मानव आकार का लगभग दस गुना था, तब कुछ सांस्कृतिक एवं धार्मिक विशेषज्ञों ने उसे अश्वत्थामा का कंकाल होने का अनुमान लगाना प्रारम्भ कर दिया था| किंतु अधिकांश धार्मिक बुद्धिजीवियों का यह अभिमत था कि वह अनुमान पूर्णतया मिथ्या है क्योंकि अश्वत्थामा तो अमर है और श्रीहीन रूप में आज भी गुप्त रूप से साँस ले रहा है | कुछ का तो यह अनुमान है कि उसे जीवित रहते हुए भी जीवन का तनिक भी आभास नहीं है | महायुद्ध के ऐसे विस्मयकारी पात्र के

सम्बन्ध में ज्ञान, पाठकों और श्रोताओं के हृदयों को उत्साहित करता रहता है |

अश्वत्थामा का जन्म, गुरु द्रोणाचार्य और उनकी पत्नी कृपी की युग्मित शिव उपासना, सतत मनोकामा और समर्पित सम्मिलित प्रयास से संभव होने की प्रबल मान्यता है | भारतीय लोक कथाओं में यह प्रचलित और प्रसारित है कि जन्म लेते ही नवजात अश्वत्थामा के कंठ से हिनहिनाने की ध्वनि हुई| उस विचित्र ध्वनि को सुनकर **माता कृपी** और **पिता द्रोणाचार्य** ने उसका नाम **'अश्वत्थामा'** रख दिया| लोक कथाओं में यह भी प्रचलित है कि नवजात अश्वत्थामा के मस्तक पर जन्म से ही एक अमूल्य मणि विद्यमान थी| उस मणि का अवलोकन सदैव सुखद और सम्मोहक होता था | माता-पिता और संबंधी उस मणि के दर्शन से पल-पल अभिभूत हो जाते थे| एक दिवस के स्वप्न में माता कृपी को यह देवी संदेश सुनाई दिया कि उसके पुत्र के मस्तक पर मौजूद मणि 'अनन्य एवं अनमोल धरोहर है जो उसे हमेशा दैत्यों, दानवों, शत्रुओं, व्याधियों, देवताओं, नागों इत्यादि से निर्भय रखेगी| उन्होंने अपने स्वप्न के संदेश से अपने पति को भी अवगत कराया | उससे द्रोणाचार्य को गौरव का आभास हुआ | अश्वत्थामा का आभामय मुखमंडल और मणि-युक्त मस्तक, माता-पिता के हृदयों हेतु चिर सम्मोहन का आधार बन गया| बालक अश्वत्थामा के शारीरिक और मानसिक विकास से साथ उसकी योग्यता और कुशलता भी निरंतर उन्नत होती गयी| पिता के संरक्षण में प्राप्त

शिक्षा-दीक्षा से उसे शास्त्रों और शस्त्र-विद्या का ज्ञान सुलभ हुआ| ज्ञान और कौशल के साथ-साथ वह निर्भीक और साहसी भी हो गया | उसके व्यक्तित्व में अथाह बल, अनन्य आत्मविश्वास और अदम्य साहस का वास स्थापित हो गया | सभी पांडव और कौरव भी उसके कौशल और क्षमता को देखकर प्रायः दंग हो जाते थे | सभी उसके बल और कौशल का आदर भी करते थे| पिता द्रोणाचार्य के कुशल मार्गदर्शन और माता कृपी के सरस स्नेह से अश्वत्थामा का व्यक्तित्व निरंतर विकसित होता गया | वह अपने माता पिता से बहुत स्नेह करता था | कृपी और द्रोणाचार्य दोनों को ही अपने पुत्र से बिछोह असह्य लगने लगता था |

महाभारत के युद्ध में, पिता द्रोणाचार्य के कौरवों की और से लामबद्ध होने के कारण, अश्वत्थामा को भी कौरवों का ही पक्षधर होकर, उनकी और से युद्ध में सम्मिलित होना पड़ा| उसके युद्ध कौशल से पांडव समूह में आतंक संचारित हो गया और त्राहि-त्राहि मच गयी | उसने भीम-पुत्र घटोत्कच को बुरी तरह परास्त किया| इसके अतिरिक्त उसने घटोत्कच पुत्र अन्जनपर्वा, द्रुपदकुमार, शत्रुंजय, बालानीक, जयनीक, जयाश्व तथा श्रुताहु का भी संहार किया | अपने पिता के साथ युद्ध में सम्मिलित होकर, अश्वत्थामा ने ऐसा नियोजित प्रहार किया कि पांडव सेना कुछ दिवस तक एकदम हतोत्साहित हो गयी| पिता-पुत्र के उस अनन्य युग्म को तोड़ने और हतोत्साहित करने के लिए पांडव समूह ने 'अश्वत्थामा की

मृत्यु के झूठे समाचार की अफवाह प्रसारित करवा दी| 'अश्वत्थामा मारा गया' की अफवाह की जानकारी होते ही गुरु द्रोणाचार्य ने उसके बारे में युधिष्ठिर से प्रश्न किया| उत्तर में युधिष्ठिर ने स्थिति स्पष्ट करने के लिए विशिष्ट शाब्दिक संचार किया जिसका भावार्थ यह था कि **'अश्वत्थामा मारा गया किन्तु वह नर भी है और हाथी भी है |'** उस संचार का अंतिम भाग श्रीकृष्ण के शंख के स्वर में दब कर रह गया जिससे पिता द्रोणाचार्य को अपने पुत्र की मृत्यु की पुष्टि हुई | द्रोणाचार्य मर्माहत हुए और युद्धभूमि में निष्क्रिय और निःशस्त्र होकर बैठ गये| युद्धभूमि में ही निराश द्रोणाचार्य का वध हो गया| अपने परम-प्रिय आदर्श पिता के वध से अश्वत्थामा बहुत मर्माहत हुआ| उनके मन में प्रतिशोध की भीषण ज्वाला उत्पन्न हो गयी| उसका अस्तित्व, पिता के निर्मम वध से विवेकशून्य हो गया | विवेकहीन प्रतिशोध की धार में अश्वत्थामा ने कुंतीभोज के दस पुत्रों का वध कर दिया | उसने पांडवों पर नारायण अस्त्र का प्रयोग किया जिसके सम्मुख पांडव सेना ने अपने हथियार डाल दिए |उसके प्रचंड प्रहार ने पांडवों को व्यथित कर दिया | महाभारत युद्ध के उपरान्त अश्वत्थामा ने धृष्टद्युम्न का वध कर दिया| अवसर निकाल कर और रूप बदल कर वह एक दिवस पांडवों के शिविर में प्रविष्ट हुआ और घोर कालरात्रि में कृपाचार्य तथा कृतवर्मा की सहायता से पांडवों के बचे हुए महारथियों को मार डाला | केवल यही नहीं, उसने पांडवों के पाँच पुत्रों के शीश भी काट डाले | अश्वत्थामा के उस

कुकर्म की सभी ने घोर निंदा की | दुर्योधन को भी उसका वह कुकर्म अच्छा नहीं लगा| पुत्रों की हत्या से दुखी द्रौपदी विलाप करने लगी| उसके विलाप को सुनकर अर्जुन ने अश्वत्थामा का शीश काटने की प्रतिज्ञा की | अर्जुन की उस प्रतिज्ञा को जानते ही अश्वत्थामा ने पलायन कर दिया| अश्वत्थामा को जब कहीं भी सुरक्षा नहीं मिली तब भय के कारण उसने अर्जुन पर ब्रह्मास्त्र चला दिया| आवेश में वह यह भी भूल गया कि उसे ब्रह्मास्त्र चलाना तो आता है पर उसे लौटाना नहीं आता| उस आवेशित प्रहार ने अर्जुन को भयभीत करते हुए श्रीकृष्ण से परामर्श लेने पर विवश कर दिया| श्रीकृष्ण ने पार्थ को यह बताया कि वह ब्रह्मास्त्र अश्वत्थामा ने व्याकुल होकर छोड़ा है जिससे बचने के लिए अर्जुन को अपने ब्रह्मास्त्र का प्रयोग करना होगा क्योंकि अन्य किसी अस्त्र से उसका निवारण नहीं हो सकता| श्रीकृष्ण की मंत्रणा को सुनकर महारथी अर्जुन ने भी तत्काल आचमन करके अपना ब्रह्मास्त्र छोड़ा| दोनों ब्रह्मास्त्र आपस में टकराए | उनके उस टकराव से प्रचंड अग्नि उत्पन्न हुई जिससे तीनों लोक तप्त हो गये| उस विनाश को देखकर अर्जुन ने दोनों ब्रह्मास्त्रों को लौटाकर शांत कर दिया और झपट कर अश्वत्थामा को पकड़ कर बाँध दिया| उस परिस्थिति में बंधन में विवश अश्वत्थामा का दयनीय रूप आज भी अनेक भारतीय लोक नाटिकाओं में जब-जब प्रदर्शित होता है तब-तब वह मौनावस्था में ही दया की भिक्षा माँगता प्रतीत होता है | किन्तु श्रीकृष्ण ने स्पष्ट रूप से अर्जुन को अश्वत्थामा के

प्रति दयाभाव त्यागने का परामर्श यह कहते हुए दिया "हे अर्जुन ! धर्मात्मा, सोये हुए, असावधान, मतवाले, पागल, अज्ञानी, रथहीन, स्त्री तथा बालक को मारना धर्म के अनुसार वर्जित है| इसने धर्म के विरुद्ध आचरण किया है | सोये हुए निरपराध बालकों की हत्या की है | जीवित रहेगा तो पुनः पाप करेगा| अतः तत्काल इसका वध करके इसका कटा हुआ शीश द्रौपदी के सामने रख कर अपनी प्रतिज्ञा पूरी करो |"

किन्तु श्रीकृष्ण के उन शब्दों के सुनने के बाद भी संयमशील अर्जुन को गुरु-पुत्र अश्वत्थामा पर दया आ गयी और उसने अश्वत्थामा को जीवित शिविर ले जाकर, द्रौपदी के सम्मुख प्रस्तुत कर दिया| पशु की तरह बँधे गुरु-पुत्र को देखकर द्रौपदी का कोमल हृदय पिघल गया | वह भावुक होकर अश्वत्थामा की माता कृपी की भावी त्रासदी के बारे में सोचने लगी | "इनका वध करने से मेरे मृत पुत्र लौट कर तो नहीं आ सकते| इनका वध होने से इनकी माता कृपी, मेरी तरह ही आतुर होकर, पुत्र शोक में विलाप करेगी" उसने मन ही मन सोचा| कृपी की आत्मा मुझे निरंतर कोसेगी" उसने मन ही मन में सोचा होगा|

द्रौपदी ने संवेदनशीलता के चरम पर पहुँचकर, अपने पति अर्जुन से अश्वत्थामा को बंधन-मुक्त करने का अनुरोध किया| द्रौपदी के उस संवेदनशील चरम एवं न्यायपूर्ण तथा धर्म-युक्त वचनों को सुनकर सभी ने उसकी प्रशंसा की पर भीम का क्रोध शांत नहीं हुआ|

श्रीकृष्ण ने पुनः कुछ मानवीय मानक स्पष्ट करते हुए अर्जुन को वही करने का परामर्श दिया जो उचित हो| अर्जुन ने अपने आक्रोश में अश्वत्थामा के शीश के केश काट डाले और उसके मस्तक पर विद्यमान मणि भी निकाल दी | मणि निकल जाने से अश्वत्थामा श्रीहीन हो गया और उसका शीश भी झुक गया| उसके साथ ही मस्तक पर मणि धारित अश्वत्थामा, मणि विहीन, केश-हीन और श्रीहीन होकर, अर्जुन से अपमानित हुआ और शिविर से बाहर निकाल दिया गया |

लौकिक लोक कथाओं में उस श्रीहीन, केशहीन अश्वत्थामा का उस अपमान के उपरान्त कोई पता नहीं चला |यदि उसके अमरत्व को आधार माना जाए तब यह अनुमान लगाया जा सकता है कि वह गुप्त रूप से कहीं अस्तित्व-हीन सा पड़ा होगा | ऐसे अनुमानों के विभिन्न स्वरूप हो सकते हैं | किन्तु महर्षि वेद व्यास की कालजयी कृति 'महाभारत' में समाविष्ट पात्र 'अश्वत्थामा' कतिपय विशिष्ट तत्त्वों एवं यथार्थ का प्रतिनिधित्व करता है| उसके चरित्र से यह प्रमाणित होता है कि अभिशप्त अमरत्व से बड़ा कोई अन्य अभिशाप नहीं है| श्रीकृष्ण के श्राप से सतत कोढ़ को प्राप्त और अर्जुन के हाथों से मणि-हीन, श्रीहीन तथा केश-हीन होकर लौकिक अमरत्व भी किसी अभिशाप के समान ही होता है | अश्वत्थामा पात्र यह लौकिक यथार्थ दर्शाता है कि प्रतिशोध की अग्नि में जलता मानव वस्तुतः विवेकशून्य और दिशाहीन हो जाता है| प्रतिशोध की ज्वाला में उसका सारा ज्ञान और

कौशल निरर्थक और निर्मूल हो जाता है| महाभारत के इस विशिष्ट पात्र के माध्यम से यह तत्त्व भी उजागर होता है कि पिता की निर्मम हत्या,पुत्र को कितना अधिक दुष्प्रभावित और हतोत्साह कर सकती है।

महाभारत के पात्र, द्रोणाचार्य-पुत्र अश्वत्थामा की नियति उससे संबद्ध कुछ अन्य पात्रों के चरित्र को भी उजागर करती है| उसकी बंदी बंधन-युक्त परिस्थिति में भी, द्रौपदी द्वारा प्रदत्त उसको आदर-सम्मान और उसके प्रति संवेदनशील दया भाव यह दर्शाता है कि द्रौपदी का हृदय इतना उदार और विशाल था जो अपने बेटों के हत्यारों को क्षमा कर सकता है। धनुर्धर वीर अर्जुन के चरित्र की विशालता और उदारता भी उससे संबद्ध है जो उसके हत्यारे स्वरूप में भी अपने गुरु के आदर्शों का सार देखती हैं। "अश्वत्थामा मारा गया........." का सन्देश और उस सन्देश के अंतिम वाक्यांश के स्वर को दबाता श्रीकृष्ण का शंखनाद यह स्थापित करता है कि न्याय को अन्याय पर विजित करने ले लिए सामान्य मानक आचारों से विचलन भी करना पड़ता है। श्रीकृष्ण का पार्थ को प्रदत्त वह परामर्श जिसके तहत वह अश्वत्थामा के अपराध को अक्षम्य मानते हुए और उसे भविष्य हेतु घातक बताते हुए उसका वध करने सहज परामर्श दिया। किंतु अर्जुन की संवेदनशीलता को देखते हुए उसे वही करने को कहा जो उचित है।गुरु द्रोणाचार्य के व्यक्तित्व का एक पक्ष जो उनके पुत्र अश्वत्थामा के अस्तित्व से उभरता है वह यह है कि गुरु ने अपने पुत्र से अधिक अपने शिष्य अर्जुन पर

ध्यान दिया क्योंकि शिष्य अर्जुन को ब्रह्मास्त्र छोड़ना और वापस बुलाना दोनों सिखाया जबकि पुत्र को मात्र ब्रह्मास्त्र को छोड़ना सिखाया| इस प्रकार उन्होंने अपने गुरु-धर्म के मानक का पालन किया | पौराणिक पात्र अश्वत्थामा यह भी दर्शाता है कि किसी भी पिता के लिए अपने पुत्र की मृत्यु का समाचार, प्राण-घातक आघात के समान है |

इस प्रकार महर्षि वेदव्यास के कालजयी सृजन 'महाभारत' का पात्र 'अश्वत्थामा' एक ऐसे अभिशप्त अमरत्व का प्रतिनिधित्व करता है जिसको परिस्थितियों ने प्रतिशोध की ज्वाला में जलाया और घातक हिंसा का संवाहक बनाया | 'अश्वत्थामा मारा गया" के नियोजित मिथ्या समाचार को पार करता हुआ वह किसी न किसी रूप में गोपन रूप में जीवित है और परोक्ष विधि से अपना प्रभाव स्थापित करता जा रहा है जो सकल संसार में व्याप्त हिंसा और आतंकवाद के स्वरूप में प्रकट हो रहा है| इस पात्र की पौराणिक नियति यह भी दर्शाती है कि मानव कौशल और ज्ञान प्रतिशोध की ज्वाला में तपकर समग्र सृष्टि के अस्तित्व के लिए कितना विनाशकारी सिद्ध होता है | अश्वत्थामा द्वारा ब्रह्मास्त्र का आवेशित प्रयोग और उसके संभावित दुष्परिणाम, यह शिक्षा भी देते हैं कि किसी भी वैज्ञानिक यन्त्र का पूर्ण प्रयोग जाने बिना उसका उपयोग कदापि नहीं करना चाहिए | महाभारत का यह अनन्य विस्मयकारी एवं ज्ञानी पात्र कुछ यक्ष-प्रश्न चिंतन हेतु संरक्षित करता है जिनके समेकित उत्तर मानव आज तक भी तलाश रहा है| उनमें

सबसे महत्वपूर्ण मानव प्रेक्षा यह है कि क्या पार्थ पांचाली का अपने पुत्रों के निर्मम हत्यारे अश्वत्थामा के प्रति दया भाव उचित था | साथ में यह प्रेक्षा भी स्थापित होती है कि क्या योगेश्वर श्रीकृष्ण के लौकिक परामर्श की अवहेलना कर के वीर अर्जुन ने सामाजिक और सांस्कृतिक अस्तित्व को संकटग्रस्त कर दिया था| इन प्रेक्षाओं को हिंदी के लब्धप्रतिष्ठ साहित्यकार डॉ,हनुमान प्रसाद शर्मा (मनु शर्मा) अपनी कालजयी कृति 'कृष्ण की आत्मकथा' के आठ खण्डों (नारद की भविष्यवाणी, दुरभिसंधि, द्वारका की स्थापना, लाक्षागृह, खांडव दाह, राजसूय यज्ञ, संघर्ष,प्रलय) में स्पर्श करने का प्रयास किया है | किन्तु उस पर सतत शोध की प्रबल संभावना है| उसके साथ ही कृष्ण के कर्मयोग से परिपूर्ण परामर्शदाता स्वरूप के पुनः आगमन की आवश्यकता है क्योंकि शायद वह अमर, आभाहीन, मणि-हीन और केश-हीन द्वापर युगीन प्राणी किसी न किसी रूप में सृष्टि में विद्यमान है| संभवतः वह समाज में विद्यमान गिने-चुने तथा लुप्तप्राय अर्जुनों से और पांचाली के आधुनिक रूपांतरों से भयभीत है|

श्रीकृष्ण और उनकी बातों का हमारे जीवन में महत्व

भगवान श्रीकृष्ण, अनेक लोक प्रसंगों, हिंदी धार्मिक ग्रंथों, और कालजयी ग्रंथ 'श्रीमद्भगवद्गीता' के मूल स्वरूप एवं उस पर असंख्य विवेचनाओं तथा शोध-ग्रंथों के माध्यम से, विशिष्ट बाल-लीलाओं, प्रचलित रास-लीलाओं, कर्मयोग के गहन दर्शन और अनन्य मुरली वादक के रूप में मात्र भारत में ही नहीं अपितु पूरे विश्व में स्थापित हैं | कोई उनके बाल-चंचलता से मोहित होता हुआ उन्हें 'माखनचोर' के रूप में याद करता है तो कोई उनकी मुरली का ध्यान कर उन्हें 'मुरलीधर' कह कर पुकारता है| कुछ लोग उनकी उँगली से उठे 'पावन गोवर्धन पर्वत' का ध्यान कर उन्हें 'गिरिधर' की उपाधि देते हैं तो कुछ उनके कल्याणकारी तथा न्यायशील चक्र की स्तुति करते हुए, उन्हें 'चक्रधारी' नाम से पुकारते हैं | उनके इन सभी अनुपम स्वरूपों का लौकिक आधार है महर्षि वेद व्यास द्वारा कालजयी रचित ग्रंथ 'महाभारत' और उसका अनन्य अंश 'श्रीमद्भगवद्गीता' | वास्तव में महाभारत के समग्र घटना-क्रम में और 'श्रीमद्भगवद्गीता' में समाविष्ट श्लोकों में कृष्ण का 'योगेश्वर स्वरूप, जन मानस में संचित है | महर्षि व्यास की इन

अनुपम कृतियों के माध्यम से योगेश्वर भगवान श्री कृष्ण पाप और पापी का नाश करने वाले, अन्याय के विरुद्ध आवाज उठाते हुए न्यायप्रिय का साथ देने वाले, चक्र का नियोजित उपयोग करने वाले, जीवन में नैसर्गिक रास जगाने वाले और अपनी वंशी से अलौकिक माधुर्य उत्पन्न करने वाले इष्ट एवं महा मानव के रूप में प्रतिष्ठित हैं | हिन्दू धर्म की मान्यता के अनुसार श्रीकृष्ण भगवान विष्णु के आठवें अवतार के रूप में जाने जाते हैं | भारतीय इष्टों में उन्हें सबसे अधिक लोकप्रिय और सबसे ज्यादा लोगों द्वारा पूजे जाने वाले ईश के रूप में जाना और माना जाता है | वे परानुभूति, कोमलता, प्रेम और कर्मयोग के कालजयी प्रतीक हैं| महाभारत और कुछ पुराणों में प्रचलित प्रसंगों में वर्णित घटनाओं के आधार पर यह कहा जाता है कि श्री कृष्ण एक वास्तविक ऐतिहासिक व्यक्ति थे| उदाहरण के लिए, लानवान्य वेंसानी कहते हैं कि कृष्ण का पुराणों में ३२२७ ईसा पूर्व से ३१०३-ईसा पूर्व के बीच का होने का अनुमान लगाया जा सकता है| इसके विपरीत, जैन परंपरा में पौराणिक कथाओं के अनुसार कृष्ण नेमिनाथ के चचेरे भाई थे, जो जैनों के बाईसवें तीर्थंकर थे |

कृष्ण की महिमा उनके जन्म से ही प्रतिष्ठित हो जाती है| लोक में स्थापित वह अलौकिक जन्म, मथुरा नगरी के कारागार में, माता देवकी के कोख से हुआ और उसके होते ही जेल के कपाट स्वतः खुल गये और सभी प्रहरी निद्रा लीन हो गये | जन्माष्टमी की उस

भयानक रात में पिता वासुदेव ने उन्हें नदी पार करते हुए नंद-यशोदा कुल में पहुँचाया | भारतीय लोक कथाओं में सदियों से प्रचलित और मान्य यह विशिष्ट दृष्टांत स्वतः किसी इष्ट महा-मानव के लौकिक आगमन का संदेश था | ऐसे इष्ट का बचपन भी सर्वमान्य लोक कथाओं में अनूठी एवं अलौकिक लीलाओं से संबद्ध है| जमुना के पावन जल को विषाक्त बनाने वाले 'काली नाग' का अंत करना, राक्षसी पूतना का वध और सबसे अधिक चमत्कारी एवं मंगलकारी है कंस मामा का वध | इन तीनों सत्कर्मों को सहजता से संपादित करना, श्रीकृष्ण के लौकिक व्यक्तित्व का अलौकिक पक्ष है | कृष्ण की ये तीनों विशिष्ट लीलाएँ, समस्त विश्व में यह कालजयी संदेश प्रसारित करती हैं कि यदि छोटे बच्चे भी ध्यानमग्न होकर सच्चे संकल्पित मन से प्रयास करें, तो वे सबसे दुष्कर कार्य को भी संभव और सुगम बना सकते हैं| मानव के बाल्यकाल की लौकिक अवस्था में विद्यमान असीम शक्ति का इससे अधिक उपयुक्त कोई अन्य लोक उदाहरण नहीं है| सदियों से ये अभूतपूर्व कृष्ण-लीलाएँ केवल बच्चों को ही नहीं अपितु वयस्कों और प्रौढ़ लोगों को भी प्रेरित करती आ रही हैं| प्रचलित लोक प्रसंगों में कृष्ण का गोपियों से रास, उनका माखन-प्रेम और माखन-चोर का रूप और उनकी सुदामा जैसे निर्धन व्यक्ति से प्रगाढ़ मित्रता, उनका अनन्य वंशी-वादन और उनका गायों के प्रति अनूठा समर्पण और प्रेम भी सदियों से चर्चित है| कृष्ण से संबद्ध रास लीला उस चरम का स्पर्श करती है जिसमें प्रापक

और प्राप्य अथवा प्रेमी तथा प्रेमिका में समस्त भेद मिट जाता है| वह चरम जब मंच पर प्रदर्शित होता है तब नर्तन और वंशी वादन की शैली में लीन कृष्ण राधा लगने लगते हैं और राधा कृष्ण प्रतीत होने लगती हैं | उस लौकिक स्थिति के प्रभाव को निम्नांकित दोहे में सहजता से व्यक्त किया जा सकता है :

"साजन सजनी का मिलन, ऐसा दिव्य अनूप |
साजन सजनी सा लगे, सजनी साजन रूप ||"

आज भी सभी प्रेमी युगल हेतु कृष्ण का वह अनुपम रास संकल्पित समर्पण का प्रबल प्रतीक है | एक प्रकार से वह उस मोक्ष का स्पर्श है जिसको पाने के लिए मानव सदैव विकल रहता है| उस रास के रंगमंच पर उन्नत प्रदर्शन मात्र के अवलोकन से दर्शक पहले स्तब्ध होते हैं और धीरे-धीरे सम्मोहित हो जाते हैं| उनका माखन-चोर का स्वरूप इस लौकिक आवश्यकता का प्रतीक है कि मानव को प्रारम्भ से ही अपने लक्ष्य की प्राप्ति हेतु सजग और प्रयत्नशील रहना चाहिए| लोक प्रसंगों में प्रचलित कृष्ण-सुदामा मित्रता यह कालजयी संदेश प्रसारित करती है कि सच्ची मित्रता के मार्ग में धन-संपदा अथवा पद-प्रतिष्ठा अवरोधक नहीं होती| कृष्ण का लोक कथाओं में वर्णित वंशी-वादन योग-ध्यान के उस चरम का प्रतीक है जिसको प्राप्त करने के हेतु मानव को सतत साधना और निरंतर संकल्पित अभ्यास करना पड़ता है | आज भी जब दर्शक पद्मविभूषण श्री हरी प्रसाद चौरसिया का वंशी

वादन सुनते और देखते हैं तब उनके दिलों को कृष्ण के उस अन्य प्रभाव का आभास होता है| एक महान सांस्कृतिक व्यक्तित्व ने सत्तर के दशक में श्री कृष्ण को सार्वकालिक सबसे बड़ा संगीतकार घोषित किया था | लोक कथाओं में कान्हा की वंशी की दीवानी गोपियाँ ही नहीं बल्कि गायें भी चित्रित और वर्णित की गयी हैं| भगवान श्री कृष्ण के ये सारे प्रभाव स्वयं इतने वाचाल हैं कि इन्हें किसे के शब्दों के सहायता की आवश्यकता ही नहीं है | बाल्यकाल और यौवन के मध्य उनका एक अति विशेष सुकर्म देवेंद्र के अभिमान पर भी तीखा प्रहार करता है | इंद्रदेव द्वारा लोक वासियों को विकल और नष्ट करने के उद्देश्य से संचालित घनघोर वर्षा और प्रभंजन के सापेक्ष लोगों को सुरक्षा प्रदान करने हेतु, कृष्ण का अपनी उँगली पर गोवर्धन पर्वत उठाकर उसे छतरी बनाना, एक ऐसा प्रचलित लोक प्रसंग है जो देवेंद्र के दंभ और अभिमान को निंदित करते हुए उसको ध्वस्त करता है| आज भी उस प्रसंग के महत्व का स्मरण करते हुए लाखों भक्त उस पर्वत की पूजा करते हैं| असंख्य लोग उसकी प्रतिदिन परिक्रमा भी करते हैं| कृष्ण का यह विशिष्ट सत्कर्म यह उपदेश देता है कि किसी का भी अभिमान कभी लोक के लिए हितकारी नहीं होता | उसके साथ ही वह यह भी दर्शाता है कि हम सब को पर्यावरण संतुलन की दृष्टि से शैलों का विशेष आदर करना चाहिए क्योंकि घाटियों का अस्तित्व भी उनपर निर्भर है| कृष्ण का गऊ-रक्षक का स्वरूप भी एक प्रकार से गाय के दूध के

महत्व और उनके लोक मंगलकारी स्वरूप से संबद्ध है | एक प्रकार से वह उस शाकाहारी आचार का भी समर्थक है जिसे अनेक अन्य महापुरुषों ने भी विशेष स्थान प्रदान किया है| लोक प्रसंगों में वर्णित और अपार जन समूह के मन में संचित और स्थापित इन सभी दिव्य कृष्ण लीलाओं का प्रभाव अविस्मरणीय है |

वैसे योगेश्वर के महिमामय स्वरूप को अधिकांश लोग उनकी महाभारत के महायुद्ध में वीर अर्जुन के रथ के सारथी और अर्जुन को प्रदत्त श्रीमद्भगवद्गीता के कालजयी उपदेश के रूप में याद करते हैं | श्रीमद्भगवद्गीता एक ऐसा सार्थक किन्तु रहस्यमय कालजयी ग्रंथ है जिसमें महर्षि व्यास ने श्री कृष्ण के समस्त दर्शन को समाविष्ट कर दिया है| महाभारत के अनुसार गीता का उपदेश अर्जुन को उस समय दिया गया जब वीर अर्जुन पूर्णतया भ्रमित और किम्कर्तव्यविमूढ़ हो चुके थे| अर्जुन की उस मानसिक अवस्था को भंग करने और उसको सकारात्मक लोक उपयोगी स्वरूप प्रदान करने के लिए, योगेश्वर ने उन्हें परम मुक्ति (ईश प्राप्ति हेतु) दो मार्गों का होना बताया नामतः 'सांख्य योग' और 'कर्मयोग' | उन्होंने पार्थ को यह समझाया कि "सम्पूर्ण पदार्थ मृगतृष्णा के जल की भाँति अथवा स्वप्न की सृष्टि के सदृश मायामय होने से माया के कार्य रूप सम्पूर्ण गुण ही गुण में बसते हैं, ऐसे समझकर मन, इंद्रियों और शरीर द्वारा होने वाले सम्पूर्ण कर्मों में कर्ता का मन अभिमान रहित होना(अध्याय ५, श्लोक ८,९) तथा सर्वव्यापी

सच्चिदानंद परमात्मा के स्वरूप में एकीभाव से नित्य स्थित रहते हुए एक सच्चिदानंद वासुदेव के सिवाय अन्य किसी के भी होने का भाव न रहना, यह तो सांख्ययोग का साधन है |" उसके साथ ही उन्होंने अर्जुन को यह भी समझाया कि "सब कुछ भगवान का समझकर सिद्धि-असिद्धि में समत्व भाव रखते हुए आसक्ति और फल की इच्छा का त्याग कर भगवद् ज्ञानानुसार केवल भगवान के लिये सब कर्मों का आचरण करना(अध्याय २ श्लोक ४८, अध्याय ५श्लोक १०) तथा श्रद्धापूर्वक मन, वाणी, शरीर से सब प्रकार भगवान के शरण होकर नाम,गुण और प्रभाव सहित उनके स्वरूप का निरंतर चिंतन करना(अध्याय ६,श्लोक ४७), यह कर्मयोग का साधन है |"

गीता के अध्याय पाँच के श्लोक संख्या छह में श्री कृष्ण ने सांख्ययोग को कठिन बतलाया है तथा साधन में सुगम होने के कारण अर्जुन के प्रति जगह-जगह यह कहा है कि तू निरंतर मेरा चिंतन करता हुआ कर्मयोग का ध्यान कर | योगेश्वर कृष्ण का यह कर्मयोग का दर्शन सारे देशों में व्याप्त है और अनेक अंतरराष्ट्रीय संस्थाएँ इसका प्रबल समर्थन करती हैं और उन्हें कर्मयोग के विशाल प्रतीक के रूप में प्रस्तुत करती हैं |

श्री कृष्ण का दर्शन और सुकर्म यह भी प्रदर्शित और प्रमाणित करता है कि किसी भी युद्ध की स्थिति उत्पन्न होने से बचाने का भरसक प्रयास करना चाहिए| ऐसा उन्होंने महाभारत के युद्ध से पूर्व उत्तम विधि से

किया था | वह यह भी बताता कि न्याय की अन्याय पर विजय मात्र सीधे-सपाट मार्ग से न होकर दुर्गम, टेढ़े-मेढे अथवा सकारात्मक छल से ही संभव है | भीम और दुर्योधन के मध्य गदा-युद्ध में भीम को रहस्यमय संकेत देकर एवं जयद्रथ के हेतु सूर्यास्त का भ्रम उत्पन्न कर, उन्होंने वह मार्ग सुझाया था|

श्री कृष्ण के सत्कर्मों और सद् वचनों से संबंधित एक प्रमुख लौकिक यथार्थ यह है कि 'भगवान श्रीकृष्ण सोलह कलाओं के स्वामी थे |' उन्होंने अपने अवतार रूप में इन कलाओं को प्रदर्शित कर समाज को अनेक विशिष्ट संदेश भी दिये | यशस्वी ज्योतिषाचार्य पंडित एस.एस.नागपाल ने उनकी विस्तृत व्याख्या की है | उनके अनुसार भगवान श्रीकृष्ण का व्यक्तित्व, 'श्री-सम्पदा', 'भू-संपदा', 'कीर्ति-संपदा', 'वाणी-सम्मोहन', 'लीला', 'कांति', 'विद्या', 'विमला', 'प्रेरणा देना', 'विवेक', 'कर्मण्यता', 'योग-बल', 'विनय', 'सत्य', 'आधिपत्य' और 'परोपकार' नामक सोलह अनन्य कलाओं का स्वामी था|

श्री-संपदा का धारक धन-धान्य से परिपूर्ण होता है| ऐसे व्यक्ति के घर से कोई व्यक्ति कभी खाली हाथ नहीं लौटता है| श्रीकृष्ण इस कला से परिपूर्ण थे| भू-संपदा के धारक के अन्दर पृथ्वी पर राज करने की क्षमता होती है |कृष्ण इस कला के अनन्य स्वामी थे | कीर्ति-संपदा का धारक जनकल्याण के कार्यों में हमेशा आगे रहता है और

पूरे संसार में प्रसिद्ध होता है | श्रीकृष्ण भी अपनी कार्य क्षमता और लीलाओं से चारों दिशाओं में विख्यात थे | वाणी-सम्मोहन की कला से संपन्न व्यक्ति की वाणी सुनते ही सामने वाले का क्रोध शांत हो जाता है| यह कला मन में प्रेम की भावना को उन्नत करती है| मुरलीधर इस कला में भी पूर्ण पारंगत थे | कृष्णा का समग्र व्यक्तित्व लीलामय और चमत्कारी था| उनके दर्शन मात्र से ही लोगों को आनंद की अनुभूति होने लगती थी| अतः वह 'लीला कला' के परम धारक थे| उनके रूप को देखकर लोगों के मन अपने आप उनकी ओर आकर्षित हो जाते थे| लोगों को उनके मुखमंडल को बार-बार निहारने का मन करता था| इससे उनमें विद्यमान 'कांति कला' का स्पष्ट बोध होता है | श्रीकृष्ण वेदों के ज्ञाता, संगीत-नृत्य के मर्मज्ञ, युद्ध कला में पारंगत और राजनीति एवं कूटनीति में दक्ष थे जिससे यह सत्यापित होता है कि उनके अंदर विद्या कला का परम वास था | उनके अन्दर विमला कला भी निहित थी जिसके अंतर्गत वे बिना किसी छल-कपट के सबको समान दृष्टि से देखते थे और आचार-विचार और व्यवहार में भी निर्मल थे| उनके अंदर दूसरों को प्रेरित करने की अनन्य कला थी | अपनी उस कला का प्रयोग करके श्रीकृष्ण अकर्मण्य लोगों को कर्मण्यता अपनाने और कर्मयोगी बनने का संदेश देते थे और लक्ष्य से भटके हुए लोगों का उचित मार्गदर्शन भी करते थे| श्रीकृष्ण विवेकशील थे अर्थात उनके व्यक्तित्व में विवेक कला का विशेष समावेश था| अपने ज्ञान से न्यायोचित

निर्णय लेकर वे अपने विवेक से लोगों का मार्ग प्रशस्त करते थे| योगेश्वर कृष्ण में कर्मण्यता समाविष्ट थी जिसके कारण वे मात्र अन्य लोगों को कर्म करने का उपदेश ही नहीं देते थे अपितु स्वयं भी कर्म के सिद्धांत पर ही चलते थे | उनके अन्दर योग-बल की अद्‌भुत कला थी जिसके बल पर वे स्वयं को दूसरों से जोड़कर, उनके प्रिय हो जाते थे और उनके मन पर राज करने लगते थे| उनके अन्दर विनय कला थी जिसके प्रभाव से उनके आचरण में शालीनता थी और मन में अहम भाव लेशमात्र भी नहीं था| उनके व्यक्तित्व में चौदहवीं कला के रूप में 'सत्य' स्थापित था जिसके प्रभाव में श्रीकृष्ण सदा सत्य मार्ग को अपनाते थे और किसी भी प्रकार की कठिन परिस्थितियों में भी सत्य का साथ नहीं छोड़ते थे| श्रीकृष्ण में 'आधिपत्य' का विशेष गुण था | इस गुण के धारक का व्यक्तित्व इतना प्रभावशाली होता है कि लोग स्वयं उसका आधिपत्य स्वीकार कर लेते हैं | यह गुण दर्शकों को लौकिक सुरक्षा का आभास और विश्वास दिलाता है | श्रीकृष्ण की सोलहवाँ कला(गुण) 'परोपकार' था | वह पल-पल लोगों का कल्याण करने की मनोवृत्ति और प्रवृत्ति से प्रभावित रहते थे| श्रीकृष्ण की इन सोलह कलाओं का जनमानस पर प्रभाव कभी भी समाप्त नहीं हो सकता | इनके विभिन्न आयामों पर अनेक शोध संपादित हो चुके हैं और वर्तमान में भी होते जा रहे हैं| यहाँ पर 'यशस्वी साहित्यकार मनु शर्मा' की कालजयी कृति 'कृष्ण की आत्मकथा' का उल्लेख करना उचित

प्रतीत होता है | इस अनुपम कृति हेतु वरिष्ठ साहित्य समीक्षक बच्चन सिंह द्वारा लिखित भूमिका का निम्नांकित अंश विशेष अवलोकनीय है :

"कृष्ण के अनगिनत आयाम हैं | कृष्ण का चरित्र विसंगतियों से भरा पड़ा है | वे रागी भी हैं, विरागी भी; योगी भी हैं, भोगी भी हैं, नर भी हैं, नारायण भी, रण-दुर्मद भी हैं और रण-छोड़ भी, चक्रधर भी हैं और मुरलीधर भी | इतनी विसंगतियों को संगति देना साधारण कार्य नहीं है |"

'नारद की भविष्यवाणी', 'दुरभिसंधि', 'द्वारका की स्थापना', 'लाक्षा-गृह', 'खांडव-दाह', 'राजसूय यज्ञ', 'संघर्ष' और 'प्रलय' नामक आठ खण्डों में विभाजित इस उपनिषदीय कृति के प्रथम खंड के प्रारम्भ के पूर्व 'व्यासस्य वचनम्' शीर्षक से समाविष्ट निम्नांकित आलेख भी विशेष अवलोकनीय है:

"युद्धस्थल में मोहग्रस्त एवं भ्रमित अर्जुन से ही मैंने नहीं कहा था कि तुम निमित्त मात्र हो वरन इस पुस्तक के लेखक से भी कहते हैं कि तुम निमित्त मात्र हो, कर्ता तो मैं हूँ |....अन्यथा तुम आज की आँखों से उस अतीत को कैसे देख सकोगे, जिसे मैंने भोगा है? उस संत्रास का कैसे अनुभव करोगे, जिसे मेरे युग ने झेला है? उस मथुरा को कैसे समझ सकोगे, जो मेरे अस्तित्व की रक्षा के लिए नट की डोर के तनाव पर केवल एक पैर से चली है ? .....और दुखी वज्र के उस प्रेमोन्माद का तुम्हें

क्या आभास लगेगा, जो मेरे वियोग में आकाश के जलते चन्द्र को आँचल में छिपाकर करील के कुंजों में विरहाग्नि बिखेर रहा था ?

इसलिए तुम केवल हो, लिखो; लेखकीय कर्म का निर्वाह करो-गणेश की तरह | व्यास तो मैं हूँ |"

कृष्ण की पूजा वैष्णव-वाद का हिस्सा है, जो हिन्दू धर्म की एक प्रमुख परंपरा है | वैष्णव विष्णु के कई अवतारों को स्वीकार करते हैं, लेकिन कृष्ण विशेष रूप से महत्वपूर्ण हैं | शब्द कृष्णम और विश्नुवाद को कभी-कभी दोनों में भेद करने के लिए प्रयोग किया गया है, जिसका अर्थ है कि कृष्ण श्रेष्ठतम सर्वोच्च व्यक्ति हैं | जयदेव अपने 'गीत गोविंद' में कृष्ण को सर्वोच्च प्रभु मानते हैं | आज भारत के बाहर भी कृष्ण को मानने वाले एवं उनका अनुसरण तथा उनमें विश्वास करने वाले लोगों की बहुत बड़ी संख्या है | भारतीय इतिहास के मध्य कालीन काल के भक्ति आंदोलन में, कृष्ण भक्तों ने लीला की अवधारणा को ब्रह्माण्ड के केन्द्रीय सिद्धांत के रूप में माना| दक्षिण भारत में वारकरी सम्प्रदाय के संत कवियों जैसे ज्ञानेश्वर, नामदेव, जनाबाई, एकनाथ और तुकाराम ने विठोवा की पूजा को प्रोत्साहित किया | कर्नाटक के पुरंदर दास और कनकदास ने उडुपी की कृष्ण की छवि के लिए समर्पित गीतों का सृजन किया | गौडीय वैष्णववाद की रूपा गोस्वामी ने भक्ति-रसामृत-सिंधु नामक भक्ति के व्यापक ग्रंथ को संकलित किया | तमिलनाडु, कर्नाटक,

आंध्रप्रदेश और केरल राज्यों में कई प्रमुख कृष्ण मंदिर हैं और जन्माष्टमी दक्षिण भारत में व्यापक रूप से मनाये जाने वाले पर्वों में से एक है | वर्ष १९६५ तक कृष्ण-भक्ति आंदोलन, भारत के बाहर भक्त-वेदांत स्वामी प्रभुपाद द्वारा फैलाया गया | एक वर्ष बाद १९६६ में, कई अनुयायियों के सान्निध्य में उन्होंने कृष्ण चेतना(इस्कान) के लिए अंतर्राष्ट्रीय सोसाइटी का निर्माण किया जिसे हरे कृष्ण आंदोलन के नाम से जाना जाता है | कृष्ण की कलाओं को, योगकार्ता के निकट सबसे विस्तृत मंदिर, प्रम्बनन हिन्दू मंदिर परिसर में,कृष्णायण मंदिरों की एक श्रृंखला के रूप में उकेरा गया है | ये मंदिर नवीं शताब्दी ईस्वी के हैं |

कृष्ण निष्काम कर्मयोगी, एक आदर्श दार्शनिक, स्थिति-प्रज्ञ एवं दैवी परंपराओं से विभूषित महान पुरुष थे| उनका जन्म द्वापर युग में हुआ था| उनको उस युग के सर्वश्रेष्ठ पुरुष युग-पुरुष या युगावतार का स्थान दिया गया है | कृष्ण के समकालीन महर्षि वेदव्यास द्वारा रचित गीता और महाभारत में कृष्ण का चरित्र विस्तृत रूप से लिखा गया है| 'श्रीमद्भगवद्गीता' में कृष्ण और अर्जुन का संवाद है जो ग्रन्थ आज भी पूरे विश्व में लोकप्रिय है | इस कृति के लिए कृष्णा को जगत-गुरु का सम्मान भी दिया जाता है | उनका लालन-पालन गोकुल में हुआ था | यशोदा और नंद उनके पालक माता-पिता थे | उनका बचपन गोकुल में ही व्यतीत हुआ | बाल अवस्था में ही उन्होंने बड़े-बड़े कार्य किये जो किसी सामान्य मानव के लिए संभव नहीं

थे| मथुरा में मामा कंस का वध किया | उन्होंने सौराष्ट्र में द्वारका नगरी की स्थापना की और वहाँ विभिन्न आपत्तियों में उनकी रक्षा की और अपना राज्य बसाया | उन्होंने पांडवों की सहायता की और विभिन्न विपत्तियों में उनकी रक्षा की| महाभारत के युद्ध में श्रीकृष्ण ने अर्जुन के सारथी की भूमिका निभाई और भगवद् गीता का ज्ञान दिया जो उनके जीवन की सर्वश्रेष्ठ रचना मानी जाती है| एक सौ पच्चीस वर्ष के जीवन काल के बाद उन्होंने अपनी जीवन लीला समाप्त की| उनके मृत्यु के तुरंत बाद कलियुग का आरम्भ माना जाता है |

श्रीकृष्ण के सत्कर्मों एवं उनके दार्शनिक विचारों का लौकिक महत्व कालजयी है | उनकी सोलह कलाएँ ऐसा वैश्विक मानक हैं जिनके सापेक्ष अधिकांश लोग अपने व्यक्तित्व का मूल्यांकन करने को निरंतर तत्पर रहते हैं | उनका निष्काम कर्मयोग आज भी असंख्य लोगों के जीवन को संचालित करता है | उनके द्वारा महर्षि व्यास के माध्यम से प्रदत्त अनन्य गीता ज्ञान अनगिनत अकर्मण्य लोगों को कर्मण्य बनाता है और दिग्भ्रमित लोगों का उचित मार्गदर्शन करता है | हिंदी चलचित्र 'महाभारत', 'गोपाल कृष्ण' और बलराम कृष्ण' में इन सब तथ्यों का सुन्दर चित्रण है| निर्माता निर्देशक बलदेव राज चोपड़ा ने अपने दूरदर्शन धारावाहिक 'महाभारत' में और रामानंद सागर ने अपने दूरदर्शन धारावाहिक 'कृष्णा' में 'श्रीकृष्ण के महत्व एवं उनकी अनुपम लौकिक लीलाओं को आधार बनाया | हिंदी चलचित्र 'संन्यासी' के

लिए मशहूर गीतकार एम.जी. हशमत की भगवद्गीता को अर्पित निम्नांकित पंक्तियाँ विशेष अवलोकनीय हैं :

"कर्म किए जा फल की चिंता मत कर ऐ इंसान |
जैसे कर्म करेगा वैसा फल देगा भगवान |
ये है गीता का ज्ञान ये है गीता का ज्ञान |"

भगवद्गीता का अध्याय छह महर्षि वेद व्यास द्वारा प्रस्तुत योगेश्वर कृष्ण के अनेक सारगर्भित कथनों के लिए सदैव याद किया जाता है और सदा प्रासंगिक रहेगा | उसके अनुसार मननशील और विवेकशील मानव पल-पल निष्काम कर्म की धारा पर आरूढ़ होता है |वह यह भी रेखांकित करता है कि संन्यासी और योगी सतत सत्कर्म में लीन रहते हैं | किन्तु वह इस तथ्य का बोध कराता है कि मात्र अनल क्रियाओं का त्याग ही योग का मर्म नहीं है | वह यह समझाता है कि मानव जीवन का उद्धार आत्मबोध में ही निहित है क्योंकि मानव आप ही अपना मित्र है और आप ही अपना शत्रु है| अपनी इंद्रियों के मोह-पाश में फँसा मानस अपने अस्तित्व का सबसे भीषण वैरी है| लोक वासनाओं पर विजय उसे समग्र सृष्टि-चक्र का मित्र बनाती है | शांत हृदय से दुःख, पीड़ा और अपमान सहन करने वाला मानव परम-पिता का लौकिक प्रतिमान बन जाता है| उसके अंतर में स्वतः ईश विद्यमान होते हैं | विकार-हीन मानव का हृदय जब ज्ञान और विज्ञान से तृप्त हो जाता है तब उसके व्यक्तित्व और चिंतन में सम-भाव उत्पन्न होता है और वह माटी, पाषाण

और स्वर्ण को समान दृष्टि से देखते हुए उनका समादर करता है | सच्चा योगी अतिशय आशा संग्रह किये बिना निरंतर शांत रहता है और निरंतर आत्मबोध हेतु उचित एकांत की खोज करता रहता है | निज मन पर विजित योगी सहज प्रभु का ध्यान करते हुए आनंद प्राप्त करते हुए, परमेश्वर में लीन होकर परमानंद की ओर अग्रसर होता है| श्रद्धावान योगी , प्रति पल ईश को भजता हुआ आनंद प्राप्त करता है | ऐसे योगी मानव को, जगदीश भी श्रेष्ठ मानते हैं | योग से संबंधित एक विशिष्ट लौकिक भ्रान्ति गीता के इस अध्याय में दूर की गयी है | योग न तो सतत जग जागरण है और न ही मात्र शयन अथवा भोग है| वह कोई सतत व्रत अथवा भोजन का सतत त्याग भी नहीं है | वास्तव में वह एक ऐसी संतुलित मानव क्रिया है जो यथायोग्य प्रयत्न द्वारा मानव की दुःख-पीड़ा का नाश करती है | मनुज योग का जग चरम उसे परमात्मा का ध्यान कराते हुए, उसे भोग-विलास से विमुख करता हुआ लोक-चैतन्य बनाता है | श्रीकृष्ण के अनमोल संदेश अनुसार सच्चे योगी का अस्तित्व और व्यक्तित्व सदा तपस्वी से अधिक श्रेष्ठ और शास्त्र ज्ञानी से ज्यादा ऊँचा होता है | भगवद् भजन में लीन मानव कभी विवश अथवा लाचार नहीं होता | किन्तु योग से भ्रष्ट मनुज का उद्धार भी संभव है | मानव मन चंचल होता है | उस चंचलता को मानव नियमित वैराग और अभ्यास से ही योग अधीन कर सकता है | इस अध्याय में योग क्रिया हेतु उचित परिवेश और व्यवस्था का भी समावेश है | शुद्ध भूमि के ऊपर

बिछा कुश, वस्त्र और मृग छाल और आसन का मध्यम ऊँचाई पर स्थित होना आदर्श परिवेश सुझाया गया है। योग से उत्तम फल पाने के लिए, मानव का मन संयमित होना परम आवश्यक है | जिसका मन संयमित न हो उसके लिए योग की सफलता दुष्कर है। एक पापरहित योगी परम ब्रह्म में लीन होता हुआ परमात्मा की परम शक्ति को आत्मसात करता है | पाप रहित संयोग परमगति को प्राप्त करता है |

योगेश्वर श्रीकृष्ण के सत्कर्मों और दिव्य लौकिक संदेशों का सांसारिक महत्व कालजयी है। उनकी सोलह कलाओं, पावन गीता के उपदेश, सामाजिक सुधार, दार्शनिक रास, राजनीतिक प्रयास और अति विशिष्ट परिस्थितियों में प्रयुक्त लौकिक कूटनीति, हमेशा सभी लोगों और संस्थाओं का उचित मार्गदर्शन करते हैं | यह महत्व और प्रभाव निरंतर उन्नत होता जा रहा है |

लेखक के संबंध में

त्रिवेणी प्रसाद दूबे 'मनीष' एक ऐसे वरिष्ठ साहित्यकार हैं जिनके लिए साहित्य सृजन मात्र एक सशक्त माध्यम ही नहीं अपितु जीवन का मूलाधार और जीवित रहने का प्रबल संकेत है। सच्चाई को सूक्ष्म-दृष्टि से देखना और परखना तथा उसी सत्य के आधार पर सार्थक स्वप्नों का दर्शन करना उनकी दैनिक क्रिया का अभिन्न अंग है। अब तक उनके कुल तेईस हिंदी संग्रह और छः अंग्रेजी संग्रह प्रकाशित हो चुके हैं ।उनके पूर्व प्रकाशित हिंदी संग्रहों में दो हिंदी उपन्यास,पाँच हिंदी कहानी संग्रह, पाँच हिंदी निबन्ध संग्रह, तीन हिंदी दोहा संग्रह,दो हिंदी गीत संग्रह, चार हिंदी कविता संग्रह, एक हिंदी काव्य नाटिका और एक हिंदी नाटक संग्रह सम्मिलित हैं। यह उनकी चौबीसवीं हिंदी कृति है|मनीष जी को अब तक दो सौ से भी अधिक साहित्य सम्मान प्राप्त हो चुके हैं।उनके दो हिंदी निबंध संग्रह, एक हिंदी बालगीत

संग्रह, एक कुण्डलिया छंद संग्रह और एक यात्रावृत्तांत/संस्मरण संग्रह प्रकाशन हेतु तैयार हैं।